倚晚晴樓曲本

胡國賢粵劇粵曲創作集

耿耿此心天可對，昭昭此志壯未已。

夫子難中尚弦歌不絕，樂天知命異常人。

梟雄未懼金刀老，獨畏銀槍虎將勇武不凡。

可憐絕嶺鴛鴦喪，柔腸俠骨節義揚。

吹簫引得瑤台鳳，鼓瑟難得喚湘靈。

夫君一去我心死，矢志空閨盼雁字。

今宵你寫下豪情句，孤王讀罷也動心弦。

兔死狗烹由來慣，弓藏鳥盡自古然。

目錄

桃谿雪

揚州慢

半日閻王

乙篇、粵曲

阮兆輝序

記得初次認識胡校長，就是參與他的大作《孔子之周遊列國》的演出。雖然年輕時曾稍讀過《論語》，但只是皮毛，比起真正研究《四書》的學者，相去甚遠。最令我緊張者，是演出的宣傳：「看粵劇學論語」。這麼一來，就不容許演出中，任何一個演員在唱唸上有絲毫出錯。所以，不單是我個人，還要想辦法令全團人都重視這個問題。於是，這齣戲，除了想令年輕人重視《論語》及古文（包括古典文學和文化）外，更逼着我重溫書本。對我來說，確是個很好的經驗，在此真要向胡校長説聲：「多謝！」

説起來，胡校長後來的幾齣新戲，原來我多多少少也有參與：其中《桃谿雪》，我更身兼演員和藝術顧問；而《揚州慢》也曾向他提供過一些意見。至於他獲獎的《半日閻王》，我更是評審之一，雖然當時不知那是他的作品。此外，我也曾引薦他為教育局《粵劇合士上——梆黃篇》撰作粵曲教材。據聞他的《三小豬》更成為某所小學的粵曲金曲呢！

胡校長的粵劇和粵曲作品，直接及間接使我重新溫習。相信大家都讀過「溫故知新」和「學而時習之」這兩句話。與胡校長這些年來的合作、交往，更令我親身感受到這兩句話的真實意義。謝謝胡校長！

二〇二三年三月

李焯芬序

上世紀五十年代末至六十年代，香港文壇曾出現過青年文社的熱潮。期間人才輩出，創作了不少優秀的文學作品，包括新詩、散文、小説。筆者較熟悉的其中兩位作家為胡國賢校長（即著名詩人羈魂）及古兆申博士（筆名古蒼梧）。他們兩位初心不改，畢生從事文學創作和研究，碩果纍纍。

無獨有偶，兩位文學家都先後對中國傳統戲曲產生了極大的興趣。兆申兄於七十年代開始研究崑曲，改編了不少崑劇，並長期參與崑曲的教學、研習、演出；對崑曲藝術的傳承與推廣，作出了巨大的貢獻。國賢兄則潛心創作粵劇、粵曲。他所編寫的曲本《孔子之周遊列國》、《桃谿雪》、《揚州慢》、《半日閻王》，和眾多粵曲、小曲，文字清雅脱俗，極富文學韻味，讓人不期然想起當年的唐滌生。這當然和他多年的文學創作經驗、湛深的文學修養有關。粵劇是本地最具代表性、亦是最重要的傳統劇種。香港能有國賢兄這樣傑出文學水平的劇作家，實在令人欣慰莫名。

讀者手上這一冊《倚晚晴樓曲本：胡國賢粵劇粵曲創作集》，不但收錄了國賢兄所創作的眾多粵劇、粵曲和小曲，還詳述了創作緣起和演出後的各界評價。事實上，每次演出後都深受廣大觀眾的熱烈歡迎和一致讚賞，並獲得劇評家們的高度評價。

我們衷心祝願國賢兄松柏長青壽而康，為大家創作更多高水平的優秀粵劇、粵曲。

二〇二三年二月

甲篇、粵劇

孔子之周遊列國

首演：二零一二年二月十三日及十四日（三場）
玲瓏粵劇團（香港文化中心大劇院）

二演：二零一二年十二月一日及二日（三場）
玲瓏粵劇團（葵青劇院演藝廳）

三演：二零一三年十月十日（一場）
玲瓏粵劇團（香港中文大學邵逸夫堂）
*為中大五十周年校慶節目之一

四演：二零一六年十一月七日及八日（兩場）
玲瓏粵劇團（沙田大會堂演藝廳）

五演：二零一九年二月二十日及二十一日（兩場）
春暉粵藝工作坊（西九戲曲中心）

一、創作緣起

唐突聖人諒肆横

——我怎樣寫《孔子之周遊列國》

孔子是世界偉大的思想家、教育家及政治家。二千多年來，他的思想、他的學說，對中國以至全世界的文化與文明，影響深遠。我國優良的傳統文化，主要正來自孔教儒學。

粵劇，作為我國非物質文化遺產之一，在香港，以至國內外華人社群，備受歡迎；其中更不乏以仁義忠孝誠信等傳統價值觀為主題的佳作。可惜，對創立這些優良文化的核心人物——孔子，卻未有任何曲目（遑論劇本）予以推介。（前些年由周潤發主演的電影《孔子》，雖以孔聖生平為題，卻因商業考慮，而未能彰顯，甚而扭曲孔子的精神面貌，令人扼腕！）

有鑑於此，本人不自量力，在孔教學院院長湯恩佳博士的鼓勵和支持下，嘗試以粵劇劇本形式，把孔子當年為社稷蒼生而顛沛栖惶於列國的一段歷史，呈現舞台；一方面希望通過這個雅俗共賞的藝術媒體，讓更多人認識及認同孔子的偉大，另一方面，亦希望為香港粵劇增添新力量、新元素，豐富其內容、充實其生命力！

劇中，我以孔子失意於魯作引子，帶出他「去國別妻」的無奈！事實上，夾谷之會以禮法折服齊君以後，孔子深受魯定公賞識，滿以為可以在魯國復興先王之道，推行仁政。可惜，魯廷內外萬縷千絲的矛盾與利害關係，孔子徒有一腔熱血和理想，始終也獨力難支；加上齊國以美人名馬腐蝕魯國君臣鬥志，孔子唯有踏上名為「周遊列國」，實為顛沛流離的人生窄道——政治現實的無情，換來大同理想的幻滅，除了去國另覓明君，壯志未酬的孔聖，又有哪些出路呢？

其後四場，我順序交代孔子周遊列國途中所遇到的種種挑戰和考驗。

當然，因戲劇演出時間所限，部分情節只能藉着劇中兩個人物（衛臣「顏庚」和「公孫餘假」）以【白欖】交代；但，我仍因應他們不同的性格（一忠一奸），呈現時人對孔子的不同看法，令平鋪直敘中也能增添一定的戲劇效果。

當然，重點仍是四場主力戲中所帶出來的訊息：

第二場〈初訪帝丘〉借衛臣的多番「問難」，凸顯孔子去國後常遇到的質疑和嘲諷：是徒具名聲，還是有真材實學？是懷抱濟世匡民的理想，還是追求功名利祿的現實？儘管他尚能暫駐衛國，但靈公對他「敬而不用」的態度，終令孔子首次面對周遊列國的挫折！

第三場〈子見南子〉寫的是孔子面對的另一項挑戰。聲名狼藉的靈公寵姬南子深宵召見孔子，令他面對美色與權勢的誘惑！孔子既不甘於尸位素餐，自然希望有用武之地。他清楚了解南子的影響力，也知道時人對她的評價；可是，孔子甘冒惡名，在子路不悦的強烈反應下，仍毅然應約。這一方面反映他對自己的信心，也顯示出雖千萬人吾往矣的大勇精神。縱使只有丁點兒希望，他也盡力爭取。就是這種知其不可為而為的表現，令鄙視天下男兒的南子全心折服，願助他游説靈公。可惜，冥頑的靈公始終不接納孔子的仁政主張，孔子只得再次黯然離衛。

第四場〈在陳絕糧〉中孔子面對的是生死的考驗！重重圍困下，生命朝不保夕；但，孔子仍舊「弦歌不絕」，以樂天知命的心態去迎接不可知的命運！沒有那份「朝聞道夕死可矣」的豁達、「患所以立」的堅持，與乎「天不喪斯文」的信念，他又如何安然面對「水盡糧絕」的困境呢！

第五場〈奉詔歸魯〉中以先喜後悲的變化，帶出孔子於為蒼生社稷而忘家去國的同時，原也是個有血有肉有感情的常人。國家轉危為安之喜悦，固然溢於言表；但，妻子抱病而終的遺憾，卻教他慟哭失聲！個人生死可以置之度外，國運的盛衰興亡、家人的生離死別，原來是怎也丟掉不去的。

家國之情、夫妻之愛、師徒之義，加上理想與現實、原則與誘惑、生存與死亡的抉擇，《孔子之周遊列國》一劇，也許能為大家展示，孔聖如許偉大光輝的形象吧！

還有一點要補充的，就是劇本中的用典、用語——用典方面，當然只能採用孔子同時或以前的人或事，如〈子見南子〉中提及「妲己」、「妹喜」，以至「女媧」、「嫘祖」等；雖然有所局限，問題也不大。不過，用語方面，考驗卻大得多！當然，《論語》、《史記》，以至《孔子家語》等古籍中，有關孔子與其弟子之言論、行事，不少材料可以直接或略加融鑄、隱括，便可寫入曲白之中；只是，部分後起的用語，應否納入，卻不得不慎重考慮。如第二場〈初訪帝丘〉，子貢取笑衛臣時一句唱詞：「夏蟲又怎可語冰」，原出於《莊子》，明顯後於孔子年代；但若從字面看，這個借喻，就是不考據出處，一般讀者也可理解其義，故而大膽借用。（其餘若干成語、古語，也按此原則採納。）如此辯解，知我罪我，就請大家判辨！

此外，一些細節，也不斷於細心推敲後而改動了！如〈夢會丌官〉初稿是以「更鼓」報時，後來才發現春秋時代尚未有此法，故改以「雞鳴」

作交代。又孔妻「丌官」只是其姓，名字卻不可考，因而劇中孔子只能稱她為「妻」，或「丌官妻」，卻不宜直呼「丌官」。（惟部分唱詞因配合旋律，仍難以避免，如〈奉詔歸魯〉中那段【木魚】：「丌官為我甘茹苦」，若強加「妻」字便不順口！）此外，劇中諸侯的「稱謂」，如「衛靈公」、「陳閔公」、「魯哀公」等，原為謚號。初稿時為方便觀眾分辨人物身份而沿用；誰料不少熱心觀眾（包括劇評人），為精益求精，向我指出其中謬誤；故後來演出版本便有所修正。還有，〈在陳絕糧〉「子貢突圍」一節，據史籍應是他孤軍行事，首兩次演出便作如此安排；但不少觀眾認為全劇以文戲為主，應加強這部分的武場，因此，其後三次的演出，便加入兩名年輕武師作弟子，協助子貢，豐富武打場面。

「唐突聖人諒肆橫」，在不斷精益求精下，唯盼拙劇能讓大家體認，儒教、粵藝，果有相兼共融之處。

二、故事大綱

孔子為魯國大司寇，本欲助定公打擊貴族，振興王室，惜功敗垂成；時齊國更把美人名馬送予魯國君臣，令其荒廢政事。孔子見事無可為，決意去魯，以期說得明君，復興禮樂。其妻丌官氏深明大義，勉其去國；而門人弟子，更誓死追隨。

孔子師徒初抵衛國，得顏庚之薦，獲靈公接見，並賜以厚祿；惟靈公年老昏庸，寵信佞臣，其禮待孔子，只為博取虛名，實無意重用。其臣下彌子瑕等更故意出語刁難，幸子貢、子路、顏回等，凜然對應，折服群臣。

孔子仕衛一年，惟靈公對其始終「敬而不用」，加以太子意圖謀反，亂事將起，孔子乃毅然率子弟離開帝丘。途經匡邑，竟給誤認為曾殘害匡人之陽虎，一度被圍；其後又在衛國邊境蒲城，為公叔戍所執，迫簽盟約。適值衛國亂事初平，靈公重召孔子，得以折返帝丘。惟三年下來，孔子仍不受重用。

靈公愛姬南子，本宋國貴族之女，因宋衛結盟，被迫遠嫁，深得靈公寵信；然為洩私憤，刻意恃寵弄權。聞孔子大名，特夜召孔子，試其情操；豈料相見以後，確知孔子為凜然正氣之士，願助其游説靈公。惜孔子終不為所用，無奈再離衛而去。

孔子師徒途經宋國，為桓魋追殺，幾經險阻，抵達陳國，並獲閔公禮待。孔子居陳三年，惟仍未獲重用。時吳國藉故侵陳。孔子為解陳困，乃率徒往楚國求援；豈料遭陳蔡軍民誤會，將其圍困於邊境。孔子師徒快將水盡糧絕，危在旦夕。眾弟子惶恐不已，惟孔子處之泰然，更弦歌不絕；終賴子貢突破重圍，為楚軍所救。

孔子在楚，本受昭王器重，惜昭王不久病亡，孔子無奈離楚，輾轉回到衛國。時靈公已逝，由其孫出公繼位，惟對孔子仍未加重用。留衛三年，孔子弟子冉求助魯哀公抗齊有功，哀公聽從其議，重召孔子。孔子由是結束其長達十四年周遊列國之旅，重回故國。

孔子返魯雖獲禮待，並尊為「國老」，惟仍未受重用；只得重設杏壇教學，並整理古籍。而妻丌官氏於其返魯前一年病歿。一夕，孔子感觸無端，不期入夢，與亡妻相會，互訴心曲。丌官氏曉以大義，勉勵其著書立言，垂訓天下，因而觸發孔子撰寫《春秋》使「亂臣賊子懼」之壯志。孔子夢醒之後，遂埋首著述，編纂六經，成就我國文化遺產中，最光輝燦爛之一頁！

三、主要角色、行當及首演演員

孔子（文武生，阮兆輝飾）：

魯臣。因魯國君臣親佞好色，無奈離邦他去，周遊列國，盼獲明君信用，能實現其施行仁政之「大同理想」；終失意而返魯，從而專心著述及作育英才，以宣揚仁義之道。雖仕途失意，仍鍥而不捨，堅持理想；並以育才著述，編纂六經，成為中國文化之象徵！

丌官氏（正印花旦，鄧美玲飾）：

孔子妻。愛夫情切，卻深明大義。為圓夫以仁義渡濟蒼生之壯志，寧獨守孤房也勸夫去國。惜於夫君返魯前一年不幸病亡；惟借「驚情」一夢，勉勵其重拾鬥心，專心育才著述，垂訓後世。

南子（正印花旦，鄧美玲分飾）：

衛靈公寵姬。本為宋國貴族，被迫嫁予年邁之靈公；憑其色笑，盡得恩寵，權傾一時。為試孔子才情，夜召其於禁宮相見，卻反為孔子感動而改過。惜其後於衛國內亂中被殺。其人表面妖媚，更弄權仗勢；實懷滿腔鬱怨，要折辱天下男兒，內心充滿矛盾。

子貢（小生，新劍郎飾）：

孔子得意弟子之一，追隨孔子周遊列國十四年。曾於衛廷以口才折服彌子瑕；又於陳蔡絕糧困境中，請纓突破重圍，化解危機。文武雙全，口才了得，智謀及膽色過人；誠心服膺孔子教導，惟對孔子思想之瞭解，始終不及顏回。

子路（小武，陳鴻進飾）：

孔子得意弟子之一，年齡較大；追隨孔子周遊列國十四年。曾於衛廷與彌子瑕怒目相向，並力圖阻止孔子夜會南子。後獲衛國太宰孔悝重用而留衛；並作「死不免冠」壯語，令孔子動容。良將之才，誠心服膺孔子教導；為人正直、率真，略嫌衝動。

顏回（小生二，溫玉瑜飾）：

孔子最欣賞的弟子，追隨孔子周遊列國十四年。曾於衛廷以口才折服公孫餘假；於匡城亂事中與孔子失散；並於陳蔡絕糧困境中，糾正子貢對孔子之誤解。學養、文才了得，為君子典範；誠心服膺孔子教導，對孔子思想瞭解最深。

顏庚（武生，廖國森飾）：

衛國忠臣，為子路妻兄，服膺孔子言行及其仁政理想。不惜於殿上與佞臣爭論，尤其不滿公孫餘假之巧言佞色。曾向靈公力薦孔子仕衛，以正朝綱。

公孫餘假（丑生，呂洪廣飾）：

衛國佞臣，以逢迎諂媚獲靈公重用。孔子仕衛時，請纓代靈公監視其師徒，並曾於子見南子時向靈公告密。時與顏庚為孔子言行爭論不休。

彌子瑕（小生三，阮德鏘飾）：

衛國權臣，縱「分桃啖主」及「矯駕君車」仍深為靈公寵信，權傾朝野。朝中上下均忌其勢力而唯命是從；惜終死於內亂。

冉求（小武二，阮德鏘分飾）：

孔子弟子，曾追隨孔子周遊列國。後奉孔子命返魯扶助新君哀公，並一舉敗齊而備受器重；更藉此勸哀公重召孔子師徒回國。誠心服膺孔子教導，為孔子得以歸魯之關鍵人物。

衛靈公（武生二，呂志明飾）：

衛國國君。年邁昏庸，既迷戀南子，又寵信彌子瑕等佞臣。為博取賢名，以厚祿聘孔子仕衛，惟對其僅「敬而不用」；終導致太子作亂，後因老病而亡。其好色親佞、多疑善妒，並妄圖霸業之想，實為衛國衰弱之源。

四、劇本

第一場　去國別妻

人物：

孔子、亓官、子貢、子路、顏回、眾弟子、眾婢僕

布景：

孔子曲阜家一角；家具簡樸，惟窗明几淨，甚具雅意；前有小路。舞台中後處有一小几，上置古琴。

內場【漢宮秋月】孔聖立教悠悠萬世綿，仁風廣被迢迢萬里傳。美哉大同篇，建設人類好家園。願記取聖者言，自省還自勉。詩書禮易，喜見人人研習遍，精思細念；春秋訓誨永誌不遷。格致誠正，明德一意向先賢。四海恩霑，千秋孔教道長存。

【牌子頭一句作上句】【起幕】

孔子（整飾儀容正襟危坐小几，滿懷憂恨撫琴介）【越王怨】心懷國事，倍憂煎，愧無力解蒼生怨，復奚言，不知何年何日昇平始得現，嘆先王仁義禮，已蕩散無存。【拉腔收】【叫頭】蒼天呀，天呀，呀！（沉吟低迴介）

【士工慢板引子】

丌官（捧茶什邊上介）【士工慢板下句】關關賦詠比文王，燕燕于飛猶仲氏，夫佢習琴研禮，精通六藝，育時賢8一自夾谷振威聲，蒙君重用施仁政，只為整頓三桓，竟招惹流長，蜚短。【拉腔收】【白】近日夫君佢心事重重，適才乍聽琴音，更滿懷憂憤，故而把香茶泡弄，好潤澤佢枯渴之心。（介）（上前參見介）【白】夫君有禮！

孔子（回禮介）【白】賢妻有禮！

丌官（趨前奉茶介）【白】夫君請茶！（斟茶介）

孔子（接茶介）【口古】謝妻你為我奉遞香茶，稍解我心如絮亂。（介）

丌官【口古】夫君呀，你已三夕不曾安寢，究因何事，竟至徹夜無眠8

孔子【白】唉！妻呀！【反線中板下句】禮樂已不全，綱常何紊亂，苦我憂勞國事，未成眠8無術補天青，無力制長鯨，欲隳三都，反招三桓怨。狡詐恨齊邦，竟送來美人名馬，令君臣耽色笑，尋樂醉當前8【轉花】恨國君，【一才】只顧夜夜笙歌，未識政途奸險。

丌官【白】夫呀！【接唱花下句】知否獨木未能支廣廈，孤掌無力又怎回天8何妨暫忍一時，且靜待時機，再把君王勸勉。

孔子（搖頭苦笑介）【白】這又中何用呢！【浣紗溪】君王貪花艷，未肯聽良言，獨臂何能，挽倒顛；他更多日避見，諫議難施自嗟怨，只得仰首問句天。【直轉略爽二王下句】恨煞滿朝奸佞，只曉奪利，爭權8

不顧家國安危，盡以私心，盤算。

丌官【接唱】縱月華霧蔽，總有日復現晴天8國君一旦醒迷途，當會復用英才，【轉合尺花】當會復用英才，重把朝綱建。

孔子【口古】唉！妻呀！想每年郊祭之後，國君必會按照禮法，把祭祀嘅胙肉分與群臣，以示關懷眷念。（介）惟是如今祭典已過三日，胙肉尚未送抵家門，可見國君…國君已把禮法忘諸腦後，只顧尋歡於月下花前8（介）

丌官【白】如此說，夫君你又打算怎樣呀？

孔子【白】打算？【木魚】想我十五志學勤書卷。三十而立責承肩8四十漸明人心險。不憂不惑更不懼貴權8五十方知天命變。存亡定數每由天8流言尚把周公損。采薇難效伯夷廉8我去國有心，非為名利戀，非為名利戀。但得賢君信用，定能把禮樂，再揚傳8【拉腔收】

丌官【白】好呀！【白頭吟】夫君此去為社稷，甘棄位與權，力挽時艱，丹心一片，說諸侯復禮解蒼生怨。【浪白】男兒志在四方。夫君有此抱負胸懷，為妻在此誠心祝願，你早日覓得明君，以仁義渡濟天下！

孔子【白】多謝賢妻！【接唱】哀山河歷亂，嗟風雲未現，生民受劫災有誰憐見，忍化泥塵賤。

丌官【接唱】怕征途崎嶇，妻願陪同，夫你勿棄嫌。

孔子【接唱】只為茫茫路遠，孔丘未敢連累妻房受熬練。你且守寒廬盼夫，養育孩兒把責肩。

【音樂過序】

丌官（初則驚憂，繼而沉思，終而決意，並從懷中取出羅巾介）【白】唉！【接唱】迢迢萬里相隔，贈你羅巾有斑斑別淚鮮，相思慰解莫掛牽，心永堅。（贈巾介）

孔子（接過羅巾，藏於懷內介）

丌官【白】夫君心意，為妻自當成全。且待我為你整備行裝去吧！

孔子【白】有勞賢妻！

丌官【白】夫君稍待！（忍淚黯然衣邊下介）

子貢、子路、顏回（偕眾弟子什邊同上介）

子貢【中板】敬重師尊，誨人不倦。杏壇設帳育英賢〆

子路【接唱】司寇位居更把才華顯。為民為國志擔肩〆

顏回【接唱】獨惜君主昏庸把色迷戀，遠賢親佞信讒言〆

子貢【轉花】如今夫子置散投閒，縱有滿腹經綸，也難舒展。

子路【白】子貢兄，近日道路傳聞，夫子即將去國，倒不知孰假孰真？

顏回【白】故而我等門人，今宵相約，一同謁見夫子。

子貢（叩門介）【白】裏面哪位在？

家僕（衣邊匆匆上介）（開門介）【白】哦！原來是夫子弟子。諸位夤夜前來，有何要事？

子貢（作揖介）【白】煩請稟告夫子，弟子求見！

家僕【白】請稍待！（趨前向孔子揖見介）稟告夫子，門外眾弟子求見！

孔子（狐疑介）【白】眾弟子求見？有請！

家僕【白】知道！（轉至門外，向眾弟子揖請介）【白】請！請！（帶同眾

弟子進門介）

子貢（回禮介）【白】有勞了！（領眾弟子隨家僕進門介）

眾弟子（趨前向孔子敬禮介）【白】參見夫子！

孔子【白】免禮！眾弟子緣何夤夜到來呀？

子貢（趨前向孔子深深一叩介）【白】夫子呀！【和尚思妻】我哋求學慕聖賢，謝您訓誨常勵勉，保家安國，理所當然。

子路【接唱】道路有消息，話你棄冠冕，立意離邦去遠。

顏回【接唱】素知您心牽家國，怎會別處遠方遷。【一才收掘】

眾弟子【同白】請夫子明言！

孔子【白】唉！【七字清下句】堯舜道，禹湯傳8守義行仁文武願。周公制禮德如天8我立教但求弘經典。為官尚望舉能賢8此去為識明君面。盼施仁政解倒懸8浪跡天涯，甘犯險。【拉腔收】【白】如今魯君無道，為師與其尸位素餐，何如乘桴浮海，另尋英主呢！

子貢【接唱】夫子道，弟子傳8四海相隨斯所願。他方猶有朗晴天8造次未忘研經典。顛沛還思古聖賢8定省但求長會面。猶勝暮想朝思念空懸8【轉花】同赴天涯，無懼險。

眾弟子【同白】我等亦願追隨左右！

孔子（無限感慨介）【沉花下句】唉吔吔，難得弟子深明大義，我何忍婉拒，盛意拳拳8【拉合字腔收】【轉花】惟是父母在，不遠遊；汝等若要隨行，須得家人祝願。

眾弟子【同應白】知道了！

子貢【詩白】明朝弟子階前集，

子路【接白】願為夫子御車繫馬（介），

顏回【接白】與執鞭。

眾弟子【同白】告辭了！（向孔子辭別，什邊同下介）

丌官（持包袱衣邊重上介）（趨前向孔子斂衽介）【白】夫呀！【花下句】

此去未知何日會，

孔子【接唱】但望周遊列國，能把大道弘傳8

丌官【春江花月夜】別後寄空弦，香巾滿載相思念，此去路遙遠，毋忘強飯加衣，養生莫遲眠，更默祝了宏願，道施禮興教義傳，得享太平盛世天，早歸客舟速着鞭。【攝白】如今處處烽煙，夫君路上要小心才好呀！

孔子【應白】有勞賢妻關注，為夫自會小心！【接唱】怕看嬌妻偷嗟怨，反將我來勵勉，憑獨劍，誓將罡風斂，盼一朝永朝江山繡錦慶團圓。【攝白】四海之內，總有仁君明主，會明白我、信用我嘅！

丌官【接白】但願如此！【接唱】願夫勇往直前，守家有妻休念眷。

孔子、丌官（依依惜別黯然介）

【暗燈】【第一場完】

第二場　初訪帝丘

人物：

顏庚、公孫餘假、彌子瑕、衛靈公、孔子、子貢、子路、顏回、眾衛臣、眾宮監、眾宮娥

布景：

衛都帝丘大殿，陳設華麗奢侈，極具氣派。

【牌子頭一句作上句】【燈復亮】

公孫餘假、顏庚及眾衛臣（什邊上介）

顏庚（向眾衛臣揖請介）【白】列位同僚，請了！

公孫餘假（率眾衛臣一同回禮介）【白】請了！

顏庚（環視狐疑介）（轉向公孫餘假詢問介）【白】咦？公孫大夫，在下有一事不明，特向大夫請教！

公孫餘假【白】請教何事呢？

顏庚【口古】沒錯！想彌大夫與公孫大夫，一向形影不離；主公已數月不朝，難得今日臨朝，把朝臣接見，何故至今尚未見彌大夫嘅蹤影。

公孫餘假（遲疑介）【口古】噫……顏大夫，說將起來，近日我亦甚少與彌大夫見面！呀！細想彌大夫乃國家擎天一柱，深得主公器重，日理萬機，夙夜憂勞，恐怕如今仍埋首卷中，案牘勞形 8

顏庚（嘲諷介）【白】哦！原來如此，真係難得！難得！（轉向眾臣）如此說，列位同僚，我等且先排班侍候。（率眾臣排班介）

彌子瑕（高視闊步、躊躇滿志什邊上介）【另場花下句】最難邀得王恩寵，縱違規亂法，也博得好名聲8當日分桃啖主顯我愛君情，矯駕君車更揚孝性。【口古】想我彌子瑕，一向深得主公寵信；殿上百官，誰不對我俯首聽命。（介）惟是如今主公日夕流連內苑，寵幸愛姬南子，把我疏遠，看將起來，真箇，真箇令我氣憤難平8（介）（轉向眾衛臣傲然施禮介）【白】眾同僚請了！

眾衛臣【白】請了！（回禮介）

彌子瑕【口古】列位同僚，想我衛國乃武王弟康叔之後，國土雖小，尚稱富庶；正好周旋列國之間，謀取一時嘅安定。（介）

顏庚【口古】彌大夫此言差矣！看如今東齊、南楚、北晉、西秦，正力圖兼併；我等小國，若耽於逸樂，不圖強奮發，恐怕亦難保太平8（介）

公孫餘假【口古】顏大夫，想我邦得天獨厚，人民又樂業安居，你為何在此危言聳聽。（介）哦呵呵，莫不是，莫不是你妒忌彌大夫深得主公器重，有意離間我哋臣下嘅感情啩8（介）

彌子瑕（強忍怒氣佯笑介）【白】公孫大夫，【花下句】知否小燈蛾，焚身將火撲；徒撼柱，自命笑蜻蜓8青天拱月自有眾星馳，高山翠松，更招得千鶴敬。

公孫餘假（陪笑逢迎介）【白】彌大夫所言極是！

內場【白】主公臨朝！

彌子瑕【白】哦！主公臨朝，我等且一同排班侍候。請！（率眾臣排班侍候介）

眾宮監（伴隨衛靈公衣邊上介）

靈公（半醒半醉介）【小桃紅】昨宵夢半醒，禁苑夢尚縈，燈紅伴綠酒，淺醉玉人迎，恨煞鐘鼓蕩散胭脂證。（埋座介）

彌子瑕（率眾衛臣參見介）【白】參見主公，千歲千千歲！

靈公【白】平身！

眾衛臣【白】謝！（分邊站列）

靈公【白】眾大夫，有事啟奏，無事退朝！（欲急急離座介）

顏庚（趨前勸阻介）【白】慢！臣有本章上奏！

靈公（不耐煩介）【白】有本章上奏？快快奏來！

顏庚【白】主公容呀稟！【中板下句】東魯有賢臣，孔丘名喚，昔年夾谷會，佢一語復三城8弟子有三千，濟濟多才，輔政興邦真本領。獨惜魯君惑讒言，孔丘他仕途失意，黯然去國，盼異地立名聲8【轉花】佢哋一行車馬正訪吾邦，萬望主公親往接迎，把賢士請。

彌子瑕（趨前阻撓介）【白】唔得！【接唱】佢末路窮途求倚靠，有如喪家之犬，何用親迎8

公孫餘假（趨前附和介）【白】無錯啦！【接唱】主公若要下士禮賢，大可贈與盤川，打發佢哋離衛境。【白】想顏大夫乃孔丘弟子仲由嘅妻兄，如今力薦孔丘，怕只怕係出於私心嚁！

顏庚（激動介）【白】你……你……你……

靈公（勸止介）【白】慢來！慢來！【另場長花下句】孔丘盛威聲，學行人尊敬，我若千里拒人，定會招話柄。若留為己用，卻可博賢名8惟是怕佢絮絮叨叨勸我施仁政。教我難尋好夢，沉醉那軟玉，溫馨8(介)不若先召見佢哋師徒，伺機對應。【白】眾大夫所言皆是。既然孔丘師徒已到帝丘，何不宣召上朝，再行定奪。(介)

眾衛臣【白】主公英明！主公英明！

靈公【白】快傳口諭，孔丘師徒衣冠朝見！

內侍【白】呔，主公有命，孔丘師徒衣冠朝見！

孔子(率子貢、子路、顏回衣冠什邊同上介)【爽中板下句】臨岐嫩柳尚鮮青8別後羅巾藏倩影。去國方知亂世情8【轉花】此日謁見衛侯，盼能把綱常重整。(整飾衣冠率三弟子趨前參見介)【白】孔丘率弟子參見君侯！

靈公【白】免！

孔子【白】謝君侯！(與三弟子分列兩旁介)

靈公(回禮介)【白】夫子不必多禮！【口古】夫子遠道而來，寡人有失遠迎，多多失敬呀。(介)

孔子【口古】君侯如此禮待，孔丘真箇受寵若驚8（介）

靈公【白】夫子不必客氣！（離座上前以示親切介）【楊翠喜】夫子跋涉帝丘境，何幸衛土有此賢聖，願衷心討教求強盛，怎得稱霸強而盛。

孔子【接唱】治國何需講軍政，恕未慣刀兵；應將禮樂仁義詠。

彌子瑕（不屑趨前冷笑介）【接唱】可笑仲尼世情未看清，莫解蒼生本性。【白】哦！原來夫子治國，只是空言仁義禮樂，不涉軍旅之事嘅。需知道，人性總是怕死貪生，更好名求利；夫子之道，看來不切實際啲嘢！

子路（激動趨前介）【白】我呸！【快花下句】何堪冷語辱英名8怒舉銅拳，懲戒你出言不敬。（欲追打彌子瑕介）

孔子（急急喝止介）【白】子路，休得無禮！

子路（倖倖然退立一旁介）

靈公（趁機回座介）

彌子瑕（好整以暇得意介）【白】夫子！（趨前揖見介）【減字芙蓉下句】

夫子多才兼博學，我敢問你嘅師承𠸎（輕蔑介）【浪白】你咁「博學」，咁邊個先至係你嘅老師呀？【接唱】聞說你曾問禮於老聃，更向師襄把琴技請。入太廟又每事問，可謂百家嘅集大成𠸎

子貢（趨前介）【浪白】如此小題，何用夫子勞心，且容弟子代答！【接唱減字芙蓉】聖人自古無常師，我等庸人才要把師門認。夫子學嘅係文武道，你係夏蟲，又怎可語冰𠸎【轉花】可笑衛國袞袞諸公，卻全是泥蛙墮井。（冷笑介）

彌子瑕【白】你……你……你……（與子貢怒目相視介）

孔子（勸阻子貢介）【白】子貢，休得無禮！

子貢（應命退後介）

公孫餘假（勸止彌子瑕介）【白】彌大夫，休要動氣，且待在下出一難題，保證孔丘無辭以對，知難而退。彌大夫，請回！請回！（趨前陪假笑向孔子施禮介）【白】在下尚有一疑問，特向夫子討教！

孔子（回禮介）【白】賜教賜教！

公孫餘假【木魚】夫子仕魯人尊敬。俸祿豐盈位列相卿８緣何一朝盡棄要離鄉井。萬水千山，入我衛宮廷８（得意洋洋介）【白】不知夫子對此又有何解釋呢？

顏回（趨前介）【白】嘻！割雞焉用牛刀，且讓弟子代夫子作答吧！【接唱木魚】魯衛鄰邦同姬姓。骨肉連心屬弟兄８夫子為救蒼生倡仁政。無分國族，有若日月通明８甚麼富貴榮華，佢視作浮雲影，浮雲影。【轉二王下句】但得大同天下，百姓樂享，昇平８何況率土之濱，盡是周王，統領。【一才收掘】【白】細想魯衛同屬諸侯，皆由天子分封；夫子仕魯仕衛，又有何分別呢？

公孫餘假【白】你⋯你⋯你⋯（與顏回怒目相視介）

孔子（勸阻介）【白】顏回，退下！

顏回（應命退後介）

孔子（上前向靈公致歉介）【白】弟子狂妄，請君侯恕罪！

靈公（既驚且喜介）【白】夫子言重！【轉花下句】孔門子弟果是多才俊，

滔滔雄辯，更義憤填膺8正是名師出高徒，若得夫子效勞，俸祿無虧，望你能答應。【白】夫子在魯俸祿若何，本公當如數敬奉！

孔子（叩謝介）【白】謝君侯！【花下句】感銘君侯厚待，唯盼先王禮樂，得以在衛國重興8且待明日上朝，再與君侯共商國政。

顏庚（趨前叩見靈公介）【白】主公，我願為夫子執鞭，帶佢哋師徒暫時寄居寒舍。

靈公【白】如此說，有勞顏大夫了！（轉身向孔子揖辭介）【白】夫子請！（與眾衛臣相送介）

孔子【白】君侯請！（率三弟子向靈公揖辭，轉身隨顏庚什邊同下介）

彌子瑕（急趨前向靈公相勸介）【白】主公！【花下句】孔丘師徒恃才傲物，怕只怕我哋養虎為患，徒令國危傾8

靈公（滿懷信心介）【白】你放心啦！【接唱】有俸無職把佢位虛尊，既可博取賢名，又可防奸佞。

彌子瑕、公孫餘假【白】主公英明！主公英明！

公孫餘假【接唱】我亦願親為監視，佢哋縱有陰謀詭計，也會畢露原形8

靈公、**彌子瑕**、**公孫餘假**（同大笑介）【白】哈哈哈！

【暗燈】【第二場完】

第三場　子見南子（分場一）

人物：

顏庚、公孫餘假

布景：

起前幕，只餘中幕。

【牌子頭】【落中幕】

【兩射燈，分別照向衣邊站立之顏庚，以及什邊站立之公孫餘假】

顏庚【白欖】説夫子，我説夫子。（介）一載閒居無所事。只因衛侯厚祿位虛尊，天低大鵬難展翅。適逢太子動干戈，夫子就藉故請辭，離衛地，離衛地。（邊唱邊向台中稍移步介）【射燈同步移動】

公孫餘假【接唱】笑夫子，我笑夫子。（介）被困匡城因誤會。只緣陽虎昔日殺匡人，夫子與他竟何貌似。馬亂兵荒失顏回，重會師徒，算佢吔好運氣，好運氣。（邊唱邊向台中稍移步介）【射燈同步移動】

顏庚【接唱】嘆夫子，我嘆夫子。（介）路過蒲城遇着個公叔戍。佢密謀作亂擁城池，還脅迫夫子把盟約署。要佢立誓不再返帝丘，更不為主公重辦事，重辦事。（邊唱邊向台中稍移步介）【射燈同步移動】

公孫餘假【接唱】責夫子，我要責夫子。（介）佢背信負盟殊可恥。一別蒲城竟然返帝丘，更在衛廷重出仕。不守承諾實屬小人，佢枉誇聖賢稱君子，稱君子。（邊唱邊向台中稍移步介）【射燈同步移動】

顏庚【接唱】諒夫子，你要諒夫子。（介）佢無適無莫，義之與比。知否公叔犯上已不仁，以武力脅迫更為不義。夫子原是聖之時，如此要盟當可棄，當可棄。（邊唱邊向台中稍移步介）【射燈同步移動】

公孫餘假【接唱】哀夫子，我哀夫子。（介）三載重歸依舊不得志。佢勸君復禮與興仁，可知衛侯只愛言軍旅，言軍旅。（邊唱邊向台中稍移步介）【兩射燈至此融合為一】【轉花】何況垂簾尚有一寵姬，滿朝誰不畏南子。若要接近衛侯就須向佢裙前叩，夫子佢天生傲骨，試問又怎撐持㸃

顏庚（不屑介）【白】嘻！【接唱】潛龍勿用只為待機時，夫子未慣低頭，乞憐搖尾。（與公孫餘假於台中互相怒視介）

公孫餘假（冷笑介）【接唱】權勢美色誰不愛，且看孔丘此番造化，又何如㸃【白】睇吓點！

【燈光徐徐暗滅】

【第三場：分場一完】

第三場　子見南子（分場二）

人物：

孔子、公孫餘假、子路、南子、衛靈公、眾宮監、眾宮娥

布景：

衛國禁宮內廷，陳設奢華、穠艷；中隔幾重帷幔，並掛有倒捲珠簾，極具氣派；前有花間小道。

【牌子頭一句作上句】【燈復亮】【落中幕】

孔子【內場反線迴文錦頭】烽煙嘆失義，亂世倍憂思。（悵然衣邊上介）【反線倦尋芳】痛恨悲不已，周王朝自東遷洛地，何堪失勢列國相爭據，萬民浩劫痛失時。【浪白】彼黍離離，彼稷之苗；行道遲遲，中心搖搖。知我者，謂我心憂；不知我者，謂我何求呀。【續唱】魯國怨弱窮，怎生護庇。【浪白】唉，苦我孔丘，朝夕心繫家國安危呀！【續唱】艱難謀國事，猶記會盟助魯壓驕齊。恨煞國君酒色癡，無奈離邦率子弟，說諸侯振綱紀，復禮濟時。嘆窮途落拓壯懷空付寄；此際再訪衛，望志能舒。【拉腔收】

宮娥（提宮燈衣邊匆匆上介）

公孫餘假（尾隨宮娥衣邊上介）（匿樹後偷聽介）

宮娥（見孔子參見介）【白】參見夫子！南子夫人代衛侯請夫子到內廷相見！

孔子（狐疑介）【白】到內廷相見？（沉吟介）這個嗎？【花下句】若要說服衛侯必須求南子，惟是佢聲名狼藉，真教我難為８【一才】他也曾屢次借君命相邀，我都再三婉拒。唯女子與小人為難養也，我只好應變隨機8（堅決介）罷罷罷，甘冒惡名，始終也要夜臨禁地。【白】敢煩引路！（欲隨宮娥行介）

子路（內場喝止介）【白】夫子慢走！夫子慢走！（沖頭什邊上介）（揖見孔子介）【白】參見夫子！

孔子【白】子路你匆匆前來，究因何事？

子路【白】唉，夫子呀！【減字芙蓉下句】何故您深宵臨帝苑，私會啯個蛾眉8【序】猶記夫子訓門人，要復禮還克己。【序】

孔子【接唱】涇渭明清濁，暗室自不欺8【轉花】此行只為說夫人，磊落光明無他意。【白】為師願指天為誓，若有非分之心，【一才】定為上天所厭！

子路【白】好呀！【花下句】夫子胸懷坦蕩，恕仲由妄自猜疑8惟是南子佢好弄權謀，夫子您都要小心為是。

孔子【白】為師曉得！為師曉得！

子路（向孔子再揖介）【白】如此說，弟子告退。請夫子小心！請夫子小心！（什邊依依下介）

孔子（隨宮娥衣邊下介）

公孫餘假（從樹後走出介）（得意洋洋介）【口古】原來孔丘今夜私會南子，真不枉我對佢多年嘅監視。（介）好！待我向主公告密，將佢哋定罪即呀時∞【白】我走走走！（什邊匆匆下介）

【起中幕】（禁宮內廷景）

南子【內場昭君怨引子】玉鳳那甘暮鴉隨。（於二宮女陪侍下衣邊上介）【續唱昭君怨】重帷繡帳，嘆弱女受困在帝居，深宮禁苑，倍驚變禍罹。【過序】縱有千嬌百媚，怎敵那腥風血雨，且將色笑換取一枝寄。忍拋愛侶，委身異邦偷濺淚，有苦自個知。【乙反長二王下句】莫道亡紂因妲己，休說桀亡緣妹喜，古今女性，原非禍國蛾眉，可奈帝主荒淫，自把江山毀碎，應知海棠嬌幼，難抗老樹，枯梨∞世間但有賤男兒，【一才】【轉合尺花】最是可憐，唯女子。（黯然悲恨介）（步至庭中端坐介）【白】想我南子，本是宋國貴族之女，只為宋衛結盟，迫我嫁與老邁昏庸嘅衛侯，一生幸福就從此斷送！嘆我日夕以色笑媚君，借權勢欺人，把良知盡棄，也不過為求自保，（介）【轉詩白】誰知我對人舒笑臉，背人卻把淚偷垂。（介）（回復冷傲正色介）【花下句】聞道魯國孔丘才德備，衛侯厚待位尊虛ㄍ不信俗世有聖人，今夕但求，將夫子試。【白】本宮屢次假衛侯口諭，召見孔丘，佢始終避而不見！今番傳召，不知他又會如何應對呢？

宮娥（匆匆什邊上介）（趨前向南子叩揖介）【白】稟告夫人，夫子到！

南子（竊喜惟故作冷漠回應介）【白】唔！（向二宮女下令介）【白】宮人過來，把珠簾放下！

宮女【同應白】知道！（放下珠簾介）

宮娥（向什邊揖請介）【白】有請夫子！

孔子（凜然什邊上介）【詩白】意誠天可鑑，心正世何譏。（趨前隔簾向南子作揖介）【白】孔丘參見夫人！（介）

南子（冷漠回應介）【白】免禮！（介）

孔子【白】敢問夫人，深宵召見孔丘，不知有何要事呀？（介）

南子（冷傲介）【白】夫子呀！【木魚】夫子你周遊列國，更飽讀詩書。應
知衛侯愛士，特命我接待鴻儒8

孔子【白】夫人盛意，孔丘心領，惟是……【接唱】惟是你夜召孔丘，只怕
有乖常禮。縱有帷幕隔住，仍惹物議人非8

南子（譏誚介）【接唱】夫子文武雙全，更嚴律己，嚴律己。惟嘆未識時
務，滿肚不合時宜8

孔子（狐疑介）【白】夫人何出此言呀？

南子（冷笑介）【流水行雲中段】知否窮要學變通，要學轉機。靖烽煙，固
願所以，但莫空誇，那道與義。應知夏商與周，樂禮典章早已盡廢弛。

孔子【接唱】正為禮教崩潰，篡弒紛起，遂令蒼生，劫禍不已；盼大道得
施，解救士庶。

南子【接唱】且看殘骸遍野，亡魂處處；你獨臂焉可挽，萬里江山正漸

頹。徵逐利與功，勸君莫道仁與義。【轉略爽二王下句】助我衛邦成霸業，才不負你滿腹，珠璣8【拉腔收】【白】以夫子之才，當可令我衛國稱霸於諸侯，成就大業；那時候，夫子也可安享畢生嘅富貴榮華，又何需如斯流離顛沛呢！

孔子【白】夫人此言差矣！【禿唱二王合字序】霸業王圖實未可萬代維持，只有重義尚德，民心才付與。

南子【接唱】你出言何迂腐，不識幻變時，要因事制宜。

孔子【接唱】君子無求個人飽食安居，夫人未悉我胸中志。【一才收掘】（拂袖介）【怒白】正是道不同不相為謀，孔丘告辭了！（作揖辭行介）

南子（於簾後高聲勸止介）【白】慢！【一才】夫子請留步！（轉向宮娥囑咐介）【白】宮人賜坐！

宮娥【應白】知道！（端椅請介）

孔子【白】謝坐！（端坐介）

南子（起座趨前，隔簾向孔子恭敬施禮介）【白】夫子！【禿起略爽長二王】

凜然正氣仲尼師，橫眉傲對南子試，有若春雷驚喝雨及時，獨惜宋女無才空有志，難教昏庸衛主醒癡迷，你且率弟子門生，早日另尋，英主。此際坦然相勸，盡是我肺腑，之辭〻

孔子（離座欣喜回禮介）【接唱】孔丘銘感夫人，施禮隔簾，表謝意。【直唱小紅燈】謝你細訴情義語，巾幗蛾眉折仲尼，昔日女媧補天，縲袒曳絲，名聲永垂著青史，莫嗟自身是女兒，你濟世有丹心志，應勸取時君把國事理。【拉腔收】

南子【直唱教子腔二王】可嘆佢無心把國事理，怨我無力挽頹敝，感夫子勸諭，自當尚德崇仁義。【轉反線二王下句】恨衛侯耽於逸樂，朝夕風月，沉迷〻

孔子【接唱序】唉，君不君兮，嘆國事已非，他好德若好色，定留芳千秋歲，願借嬌姿，説君主，鋭意把德政施，盼只盼，天下為公鰥寡盡扶持，講信睦修，門戶永不需閉。

南子【接唱曲】敬你亮節高風，【唱序】化木鐸警俗世，猶似雷霆動地。

【接唱曲】威武不能移，【拉腔】

孔子【接唱序】矢志為眾生難自已，敬謝南子勉勵意，【接唱曲】可奈力薄勢孤，恐亦難成，大事。

南子【接唱】你是曠世精英，難得門生皆彥秀，定然德著，功垂8作萬世師，宛若人中龍鳳，裕後光前，千秋，讚許。【拉腔收】（轉向二宮女囑咐介）【白】宮人過來，把珠簾捲起！

宮女【同應白】知道！（捲起珠簾介）

南子（徐徐步出簾外，趨前向孔子施禮致敬介）【白】夫子有禮！

孔子（大喜回禮介）【白】夫人有禮！（正色介）夫人呀！【反線芙蓉中板下句】你本是衛侯恩寵，我不應越禮失儀8【序】今夕冒昧進宮，已遭門人非議。【序】惟是我非圖顯貴，更非為色迷癡8【一才收掘】

南子（驚疑介）【白】夫子何出此言呀？

孔子【禿唱反線七字清】怪道夫人嬌而媚。傳聞你不修帷薄亂朝儀8【轉唱滾花】請恕我坦率直言，多放肆。【一才】

南子【接唱】但求問心無愧，何愁耳食，散佈是和非呀8

孔子【接唱滾花】難得夫人磊落襟懷，又何竟弄致如斯田地。

南子（感慨介）【白】唉！夫子，您有所不知啦！【反線中板下句】呢朵宋廷花，當日情暗繫，東皇早託付，願效燕雙飛8誰料政海幻風雲，迫我嫁與衛侯，好待宋衛結盟，為互利。嘆無端，累及翠樓苦鳳，從此禁苑，鎖雙眉8【催爽】怨國怨家難自主。女子寧甘作弈棋8【靜場花】刻意放浪形骸，【一才】只為宣洩心頭怨氣。恃寵弄權仗勢，誓要折辱天下男兒8今夕仰止高山，（介）令我羞慚無地。

孔子（大喜介）【白】好！好！好呀！【禿唱雙飛蝴蝶】雨後難得見彩霓，喜看宮花脱俗姿，

南子【接唱】嫩柳何堪慣風隨，幸得夫子勉衛姬，

孔子【接唱】今宵相見盡解你心中意，

南子【接唱】今宵相見也盡察你胸中志，

孔子【接唱】霧散風起，

南子【接唱】月朗星稀，

孔子【接唱】清心不畏後世人言罪，

南子【接唱】耿耿此心天可對，

孔子【接唱】昭昭此志壯未已，

南子【接唱】深深一拜敬謝意，【吊慢清唱】還望盼，

孔子【接清唱】普天禮義施，

孔子、**南子**【起樂合唱】干戈止。（互相敬禮介）

靈公【內場白】好膽！好膽！（率公孫餘假及眾宮監什邊沖頭上介）

孔子、**南子**（乍見靈公驚愕介）（同參見介）【白】參見君侯／主公！

靈公（見孔子、南子二人盛怒拂袖介）【花下句】子見南子何曖昧，深宵
　　奚事語言私8

公孫餘假【接唱】男女授受本不親，枉你自命聖賢，可知廉與恥。

孔子【接唱】君子據德依仁持正道，雖是內廷相會，惟是禮仍施8

南子（向靈公撒嬌介）【接唱】主公暫且息雷霆，待我細訴端詳，你便明

底事。

靈公（激動介）【白】咁你就同我講清楚佢！（埋座介）

南子（冤屈介）【白】主公容呀稟！【罵玉郎板面】為試才情，內廷夜約時，非關非關有蕩檢踰閑意。（嬌嗲介）【浪白】日前主公言道，不知孔丘此番重訪帝丘，意欲何為；當時南子也曾自告奮勇，願代為試探。難道，難道主公你忘記不成咩？

靈公（尷尬介）【浪白】記得，記得！【接唱】牙床暖軟夜闌密語時，叮囑叮囑你代把名士試，此際經一試，可知心意。

南子（嬌媚介）【浪白】當然知啦！【接唱曲】今夕宮花試君子，知佢品德端正存仁義，凜凜浩氣懷大志，丹心信可依，古今罕見絕世鴻儒。

【浪白】孔丘真係一個才德兼備嘅大聖人嚟㗎！

靈公【浪白】哦！原來我真係誤會咗夫子你！【接唱】錯怪責罪夫子，請君諒我唐突處。

孔子【接唱】霧散雲霞去，望廣施德政眾生幸矣。（趨前向靈公揖請介）

【白】尚望君侯按先王禮法，重興禮樂，則……

靈公（敷衍介）【白】係嘅，係嘅！惟是如今時已夜深，不如我哋明日上朝再商談國事啦！（向公孫餘假示意介）【白】煩請公孫大夫代送夫子回府！

公孫餘假（知趣介）【白】遵旨！

孔子（無奈介）【白】如此說，孔丘告辭了！

靈公（欣喜介）【白】夫子請便！夫子請便！

公孫餘假（悻悻然介）【白】夫子請！（勉強揖請介）

孔子（向公孫餘假回禮介）有勞大夫！（什邊同下介）

南子（不明所以介）【白】主公！既然您都知道夫子才德兼備，為何至今對他依舊敬而不用呢？

靈公（不耐煩介）【白】嘻！【花下句】孔丘空談仁與義，知否圖強爭霸卻要仗兵車8何況我哋小國寡民，更少不得強弓勁矢。【白】孔丘滿口仁義道德，卻不識軍旅之事，又焉能重用呢！

南子（欲進勸介）主公……

靈公【白】如今天將破曉，愛妃快隨寡人回寢宮休息也吧！（率眾宮娥、宮女及宮監衣邊下介）

南子【白】遵旨！【另場花下句】唉，此夜深宮醒冷鳳，獨惜臥龍猶未覺前非♪（無奈隨眾衣邊同下介）

【暗燈】【落幕】【第三場：全場完】

第四場　在陳絶糧（分場一）

人物：

顏庚、公孫餘假

布景：

起前幕，只餘中幕。

【牌子頭】【起幕】【落中幕】

【兩射燈，分別照向衣邊站立之顏庚，以及什邊站立之公孫餘假】

顏庚【白欖】夫子德，夫子行。（介）佢當日折服南子就係憑德行。惟是衛侯尚武不重文，更好色急功難善任。夫子無奈終要別帝丘，轉往宋邦求把仁風振，仁風振。（邊唱邊向台中稍移步介）【射燈同步移動】

公孫餘假【接唱】夫子厄，夫子困。（介）佢命蹇時乖一再逢厄困。嘓個宋將桓魋冒宋君，矯令追殺師徒何心狠。猶幸微服易裝始得脱身，有若喪家之犬狼狽甚，狼狽甚。（冷笑介）（邊唱邊向台中稍移步介）

【射燈同步移動】

顏庚【接唱】夫子福，夫子分。（介）佢得以別宋入陳何福分。惟是陳國國君寵佞臣，更妄築陵台招民憤。夫子有志未能伸，吳國更藉辭興戰陣，興戰陣。（邊唱邊向台中稍移步介）【射燈同步移動】

公孫餘假【接唱】夫子惻，夫子隱。（介）佢欲挽危亡心惻隱。知悉陳楚昔日訂聯盟，欲求助楚王把援兵引。豈料陳蔡軍民誤會佢有異心，有異心8（邊唱邊向台中稍移步介）【兩射燈至此融合為一】【轉花】阻截佢車馬前行，令佢重圍陷。可笑好人難做，反而惹火焚身8（冷笑介）

顏庚【接唱】尚望天佑聖賢，終可解除兵困。（與公孫餘假於台中並立，欷歔不已介）

公孫餘假（冷漠介）【接唱】且待我等旁觀袖手，看看絕糧夫子，能否死裏逃生8

【燈光徐徐暗滅】

【第四場：分場一完】

第四場　在陳絕糧（分場二）

人物：

子貢、孔子、顏回、子路、眾弟子、陳蔡兵將

布景：

陳國南面邊境，接近蔡國及楚國；山林野地，煙霧迷漫，一片陰森。

台中有小營帳，旁有小几，上置古琴。

【牌子頭一句作上句】【燈復亮】【落中幕】

（陳蔡將領率眾兵攜兵器什邊上介，橫過舞台，衣邊下介）

子貢（戎裝什邊上介）【朦朧】迷濛一片路難尋，重重羈困，無法前進前行，怕食盡樹葉與草根，也未及脱身，渴飢病危甚，嘆任重，怨道遠，命亡殞，那得甘心。【白】想我一眾師徒被陳蔡大軍圍困於此，已有五日啦！如今即將水盡糧絕，眼看眾同門病嘅病、餓嘅餓，真不知如何是好？【起古琴音樂】（疑惑介）【白】何以有隱約琴音自營帳傳來？且待我前去看個明白！（什邊下介）

【起中幕】（山野營地景）

孔子（子路、顏回及眾弟子陪侍在側介）（端坐小几旁，撫弄瑤琴介）【歸時】谷風，陣陣，幾番顛沛依然未悔此生。嘆息綱紀廢，民日窘，可憫。志尚在，意凌雲，惟借瑤琴寄心韻，一曲代慰深山困。【二王下句】思國念民生，空憶故園閨婦恨，風波能遍歷，全仗此繡帕，羅巾8（從懷中取巾介）舉翅未誇雄奇，斂翼還歸，【轉合尺花】斂翼

還歸，本分。（撫琴期間時，子貢已從什邊復上介）

子貢（趨前揖見介）【白】參見夫子！

孔子【白】免禮！

子貢【白】適才弟子巡山回營，得聆雅調，原來是夫子操琴，真箇難得呀！【花下句】夫子難中尚弦歌不絕，樂天知命異常人8惟是您顛沛多年，卻始終未得時君重任。【白】夫子至今尚未能一展抱負；莫不是，【減字芙蓉下句】莫不是您曲高惜和寡，惟嘆生不逢辰8

顏回【浪白】子貢兄，你咁講，就真係太過唔了解夫子啦！【接唱】大道嘆不行，原非夫子嘅責任。【過序】君子道修而不用，只為國君不知人8【一才收掘】【轉花】絕不能本末不分，把是非蒙混。

孔子（欣然離座趨近顏回介）【白】顏回此言，真係深得我心！（轉向子貢介）【接唱花下句】君子不患無位患所以立，只怕德未修時學未深8

子路（面帶慍色，趨前向孔子作揖介）【白】夫子呀！【接唱】難道君子亦有窮時，何竟要遭逢，此厄困。

孔子【白】仲由此言差矣！【接唱】固窮守分為君子，窮斯濫矣屬小人8
天若不喪斯文，定會克服危難，汝等毋耿耿。
子貢、**子路**（同向孔子揖請謝罪介）【白】弟子承教！
眾兵【內場吶喊介】喎呵！
【衣邊、什邊煙霧泛入台上】
子貢（驚惶介）【白】唉吔！【快二流下句】只聽得漫山吶喊，（介）四野霧擁煙熏8（介）
顏回【接唱】觸目驚惶，（介）飢寒交困。（介）
子路【接唱】嘆一句天胡不憫，（介）果真要命喪於今8（介）
孔子【接唱】眾弟子要抖擻精神，（介）莫奪匹夫志奮。（介）應知夷齊甘餓死，（介）比干願剖心8（介）蘭芷吐芳盈，（介）【轉合尺花】不必怨天尤人，有若蠶自困。
【台上煙霧散消】（眾人相互慶幸介）
子路【白】哦！原來係虛驚一場！惟是如今我哋嘅糧食，最多可以維持多三兩日咋；如果再無援軍解救，恐怕我哋一眾師徒，都要餓死在此荒山野嶺！

孔子、眾弟子（思索介）【同白】這個嗎！

子貢【白】也罷！（慷慨激昂介）【接唱花下句】偷越重圍憑肝膽，我願孤身南渡覓援軍⑻

孔子（狐疑介）【白】你去？

子貢（決斷介）【白】係！我去！

孔子（無奈介）【白】好啦！【接唱】子貢你智勇雙全，定能膺此重任。

顏回（趨前制止介）【白】夫子，且慢！【口古】子貢兄雖是文武雙全，久經戰陣。（介）惟是如今孤身犯險，怕只怕未易脫身⑻

孔子（思索介）【白】這個嗎！（毅然介）【白】如此說，就請樊遲、公良孺兩位弟子相隨，以為照應！

樊遲、公良孺【白】知道！

子貢【白】如此說，你們隨我來！（向眾人告辭，率樊遲、公良孺匆匆同下介）

孔子（率眾弟子依依送別介）（感慨介）【花下句】陳蔡絕糧非絕路，縱天心違我，我決不違仁8時窮方顯志不窮，大道朝聞，夕死應無憾。

眾弟子【同白】弟子承教！（隨孔子衣邊同下介）

【燈漸暗】【燈復亮】

子貢【內場奪錦頭】浩然自赤心，凌霄志尚凜。（什邊沖頭重上介）【快中板下句】山前林下劍影頻8石畔溪旁刀光浸。為營步步貫注全神8【一才收掘】【轉花】忽聽得馬響途間，莫不是洩露行藏，殊不慎。

將領【內場白】那裏走！那裏走！（率眾兵帶同多種兵器沖頭衣邊同上介）

子貢（奮力與陳蔡將領及眾兵廝殺介）

樊遲、**公良孺**（什邊衝前與子貢合力與陳蔡將領及眾兵廝殺介）

將領（力戰不敵，率眾兵倉皇敗走，衣邊同下介）

子貢（見大軍已退喜極介）【三搭箭】哈哈，哈哈，哈哈哈！【大花下句】陳蔡重圍經突破，急如星火，赴楚軍∞【拉腔收】

【暗燈】【第四場完】

第五場　奉詔歸魯

人物：

孔子、子貢、顏回、子路、冉求、眾弟子、家僕、眾隨從

布景：

帝丘孔子居所廳堂（舞台中後處有一小几，上置古琴）；陳設簡樸，尚覺清雅。

【排子頭起幕】【燈復亮】

（孔子率子貢、顏回及眾弟子衣邊緩緩上介）

孔子【老鼠尾】趨若鶩，趨若鶩，混混亂世如迷霧，相爭篡弒殘殺嘆人性盡蒙污，忍聽萬民悲痛復哀號，德教淪亡忠孝義禮全無，幾番顛沛流離，悵然獨對一燈孤，長念記閨中婦。（從懷中取出羅巾凝視，再放回懷內介）

子貢（趨前敬禮介）【白】夫子呀！【接唱長二王】當日絕糧有幸脫兵刀，未喪斯文得天庇護，您為報深恩寧仕楚，欲弘仁義遍江湖，獨惜年邁昭王，卒然身故，楚國頓呈亂局，難展您嘅志壯才高，無奈輾轉北歸，竟又重回，衛土。

顏回【轉合尺花】莫道三年無建樹，猶幸仲由得器重，盡顯佢嘅武略文韜8佢為太宰孔悝作家臣，贏得衛國臣民同稱道。【口古】如今子路見用於衛邦，也不枉夫子您多年嘅教導。

孔子（憂心介）【口古】唉！怕只怕佢賦性率直，未識險惡嘅宦途8

家僕（什邊匆匆上介）（趨前叩見孔子介）【白】稟告夫子，子路求見！

孔子【白】有請！

子路（戎裝什邊上介）【長花下句】重返衛宮廷，人事全非故，一自靈公薨後就生變故，太子奪位要殺兒曹，弄致兵敗流亡要逃晉土，其間南子中伏，彌子瑕亦慘受，誅屠8（介）如今新主臨朝，惟是尚未禮聘夫子，把朝政輔。【白】我幸蒙太宰重用，為他整軍備馬、守土安邦，總算用武有地。惟是我每當公務暇餘，定必前來，向夫子請安！（入內介）（趨前向孔子敬禮介）【白】參見夫子！

孔子【白】免禮！【口古】子路，難得你公務繁忙，仍不忘定省晨昏，如斯尊師重道。

子路【口古】夫子！此乃弟子本分，又何敢言勞8

孔子【口古】呀，係啦！你已仕衛三年，到底又有甚胸中嘅抱負。

子路【口古】自當鞠躬盡瘁，濟弱扶孤8

孔子【白】好呀！【走馬】望你體恤厄困為民父母，莫畏危艱傾力赴。

子路【接唱】不惜衝鋒破敵對兵刀，只為解消戰禍苦，執戈保庶惟憑浩氣扶。他朝殺身也未忘義禮高，死不免冠乃大丈夫。

孔子【接唱】唉吔驚聽此語，有如奪魄刀。豪邁壯烈嘅好子路，這不祥之句恐招天妒。

子路【接唱】何懼畏，願以身殉道，無怨怒。縱命殞沙場，尚堅持，冠猶縈繫以存禮度。

孔子【接唱】衷心祝願，你日把安康報。（緊執子路之手殷切叮嚀介）【口古】子路，我知你稟性剛烈，惟是如今衛國朝中上下，盡是虎豹豺狼，你：你行事都係要小心為好。

子路【口古】夫子，您放心啦！記得夫子常言：君子之於天下，無適無莫，一切以義為高8

孔子（無奈頷首同意介）

家僕（什邊匆匆入介）【白】稟告夫子，魯國使者求見！

孔子【白】魯國使者求見？【花下句】魯宮廷十四載對我等無聞問，何故今時遣使，訪我師徒8【白】依禮相請！

家僕（什邊下介，領冉求及眾隨從同上介）

冉求【長二流】新披黃金甲，換卻舊衣袍，一戰功成人仰慕，我嘅文韜武略，全仗夫子教導嘅功勞；當日魯新君，登大寶，求才若渴覓賢豪，夫子特命我還鄉，不用追隨於異土。【轉詩白】有幸助魯破齊蒙君寵，今日親迎夫子，返帝都。

家僕（向孔子揖請介）【白】魯國使者到！

孔子（率眾弟子作揖迎迓介）【白】恭迎！

冉求（見孔子急步趨前，行參見禮介）【白】參見夫子！

孔子【白】哦，估道是誰，原來是冉求你呀！【花下句】你本襄助魯君持軍務，緣何高車駟馬，訪衛都8風聞你督師抗齊，戰況如何宜直告。

冉求【白】夫子容呀稟！【反線中板下句】齊國犯魯邦，攻城還掠地，國君傳帥印，奏凱愧功高8祝捷在御園，我對景傷懷，憶取你昔年嘅教導。含淚勸明君，乞迎夫子駕，十四載重踏舊門廬∞【轉花】國君准奏更命我親迎，還請一眾同門，齊就道。

孔子【白】此話當真？

冉求【接白】當真！

孔子【接白】果然？

冉求【接白】果然！

孔子【白】好呀！【快中板下句】還巢倦鳥嘆虛勞∞落葉歸根求依附。江山從此現新圖∞【轉花】眾弟子速去整頓行裝，重踏歸家路。

冉求【口古】夫子！弟子：弟子尚有一事，要向夫子稟告。

孔子【口古】冉求，君子胸懷坦蕩，有事何妨直說分毫∞

冉求【白】唉！夫子呀！【乙反木魚】知否杏壇花落紅不掃。可憐閨婦嘆清孤∞

孔子【接唱】丌官為我甘茹苦。猶幸羅巾長伴，得以鎮波濤∞

冉求【接唱】去歲佢偶沾寒風露。纏綿病榻望征夫∞

孔子【略快接唱】咁，如今她病況如何（一才），你：你毋吞吐。

冉求【轉慢接唱】嘆無靈藥石，已折夭桃8（跪泣介）

眾弟子（同跪泣介）

孔子（的的撐震驚痛心介）【沉花下句】唉吔吔，驚聞惡耗，淚模糊8【暗相思】丌官妻呀！【滾花】嘆我為社稷忘家，竟虧負此賢良淑婦。

顏回（趨前叩跪介）【白】夫子！所謂天心難測，天意難違，還請夫子您節哀順變！

眾弟子（同趨前叩跪介）【白】還請夫子節哀順變！

孔子【白】起來！起來！（扶起眾弟子介）【花下句】病榻彌留未能相伴，還望青墳親祭慰魂孤8感銘眾弟子關懷，且去重整雕鞍，準備回故土。

子路（趨前作揖介）【白】夫子！【接唱花下句】太宰厚待我難辭別，不終為惠，原非大丈夫8我更視衛邦百姓若子民，百廢待興，正待求整固。【白】仲由尚有公務在身，懇請夫子許我暫留衛地！

孔子【白】言之有理！【花下句】汝等各展其才只為扶社稷，

子貢【接唱】正是有鄰全仗，德不孤８

孔子（率眾門人與子路揮手話別，隨冉求車駕依依什邊下介）

【暗燈】【第五場完】

第六場　夢會丌官

人物：

孔子、丌官

布景：

孔子曲阜家書軒一角；家具簡樸，惟窗明几淨；几上有青燈一盞、零散竹簡多篇；窗外更隱見圓月。

【排子頭一句作上句】【燈復亮】

孔子【南音序衣邊持杯上介】【南音】寒廬月冷，星落風翻，空餘清茗悼香殘８（酹茶於地介）冷落門庭車馬減。只恨難舒壯志，未得濟時艱８剩有孤燈，（置杯於几上介）【轉乙反】憐孤雁。零篇斷簡，任縱橫８十四載顛沛流離，一晃如夢幻。此際潛居曲阜，【轉二王下句】重複設帳，杏壇８矢誓播仁風，弘義理，力挽世道衰微，殷盼昊天，垂鑑。【口古】想我孔丘，當日列國周遊，以期説得明君，把仁風振挽。（介）奈何始終不為時用，幸蒙新君重召，更尊為「國老」，才得以故國歸還８可惜新君對我依樣敬而不用，我只好退而講學傳經，編修翰簡。（介）惟是一去十四年，丌官妻竟已在年前病逝，獨欠她彌留一面，徒嘆一句福薄緣慳８（介）（從懷中取出羅巾凝視介）【合尺花下句】一載歸遲人已逝，陰陽永隔，愧我負紅顏８隱約間，樹影搖搖，不期神迷意懶。（埋座伏案小寐介）

【開邊。風聲介】【什邊煙霧泛入台上介】

丌官（內場）【銀台上引子】月魄淡，飄渺更孤單。（什邊魂飄上介）【續唱銀台上】芳魂夜深故地還，輕霧泛，怕聽夜鴛叫空山，還看綠苔侵階，遍生野蔓。【音樂托白】唉，想我在生之時，日夕苦望夫君歸期；如今他失意而還，我卻已魂消香散，寧不，寧不令人悲愴！【續唱銀台上】望故雁，萬般怨嘆，帶憤懷愁夢裏間。縱安邦志在，忍教壯心挫損，磨折重重，飽經憂患。【浪白】今夕夫君帶滿腔鬱怨而眠，徒教這一縷幽魂，感傷無限。（介）惟借驚情一夢，為佢掃去心底嘅疊嶂重山8（飄至案前於孔子身旁徘徊介）【詩白】關關雎鳩，在河之洲，窈窕淑女，君子好逑。

孔子【追信頭】誰個賦關關，依稀故夢間。（甦醒介）（乍見丌官不禁驚喜不已介）【白】呀！丌官！（急離座趨前與丌官相會介）

丌官（同趨前與孔子互相執手介）【白】夫呀！

孔子【白】唉，妻呀！【雙星恨】去國十四載抱憾還，悲斷玉折簪，悲斷玉折簪，今宵故苑見鳳顏，且細訴離情，借此熒熒冷燈一盞。【浪

白】想你抱病之時，我尚僕僕於風塵道上，惟欠你彌留一面；此際相逢，你，你是否已再世還陽？（邊唱邊把羅巾遞與丌官介）

丌官【浪白】非也！（接過羅巾介）【接唱】香巾送別蘊藉意千萬，相思朝與晚，空閨記掛損朱顏，我命似秋霜再續難，為解君憂午夜還，勸取夫君鬥心休懶慢，盼烽煙永息雲霞盡散，有日大同耀世間，惜寡與鰥。

孔子【白】哦，原來賢妻你如此用心良苦嘅！【正線霓裳羽衣十八拍中段】昔日袂別你偷淚泛，抱恨送孤雁。多年顛簸，一方鳳巾慰寂煩。此際霧漸散，皓月仍耀眼，還看劫後顏，情意添無限。【浪白】當日微服過宋、絕糧在陳，若不是你臨別所贈嘅香巾，以為激勵，孔丘也不知能否安然跨過，這道道難關呀？（介）嘆如今，干戈不息，篡弒不止，倒不如寄跡江湖，但求俯仰無愧，安身立命於天地之間。（介）

丌官【浪白】夫君，此言差矣！【接唱】國家有禍劫奚事醉夢嘆死生，休向離魂說，情意仍無限；兵災戰亂理應要重責擔。你說諸侯瀝肝膽，為大同毋忌憚，休怠慢。哀戰火正漫漫，眾生救助難，心中可抱憂患？

孔子【接唱】正因仁義散，狼虎搆患，銳意拯蒼生脫苦艱。嘆列國君主太冥頑，但濟世豪邁志，未削減，有待著書立說寄青簡；不求仕宦，功名視作閒，育英才復設壇。【浪白】道不行，乘桴浮於海；我雖身在江湖，仍心繫國事天下事！

亓官【浪白】啊！原來為妻誤會咗夫君你了！（把羅巾交返孔子介）【接唱】聽你一夕話有若雷動醒夢幻；夫君志，似日朗星燦爛，錯怪罪求恕紅顏冒犯。世局亂，天下苦蒼生，怎教尚德存仁義禮行，施教化，濟千千萬。【音樂過序】

孔子【浪白】亓官妻！【接唱】盼四海風波不再翻，黎庶樂業無慮煩；大同世界，守禮樹德，共享豐收晚。【浪白】唉，但不知何年何日，方可實現這大同理想！【音樂過序】

亓官【接唱】可惜此刻風雨尚瀰漫，

孔子【接唱】怕看遍野屍橫，滅國奪篡不滅；
丌官【接唱】征伐屠戮盡，人性獨缺殘。
孔子【接唱】天喪復何言，生靈塗炭，怨無力挽，慚羞自愧無顏。
丌官【接唱】莫愧慚，自汗顏，復作欷歔嘆；著述警淫邪，未晚！【一才】
（趨案前拾起几上竹簡介）
孔子【接唱】猶似暮鼓晨鐘覺愚頑。寓寄褒貶字詞間，大義託微言，精心寫撰，令眾賊寇驚心喪膽，作萬世安邦寶鑑。
丌官【接唱】一書典策雷霆猛，千秋後，垂訓光芒耀眼。榮辱兩忘，記心聲鑄入片簡，不負你德高意淡。
孔子【接唱】賊子殘酷性，盡呈盡覽，勤刻不怠慢。褒獎善行，貶斥暴行，尊賢警奸。【音樂過序】
丌官【接唱】莫畏權宦，
孔子【接唱】不惜險犯。
丌官【接唱】風雲變，此際何妨浪再翻。

孔子【接唱】為正義寧甘招禍患。

丌官【接唱】依禮直書判斷若天眼。（邊唱邊把竹簡遞向孔子共看介）

孔子【浪白】我妻言之有理！【接唱】警世字裏間，

丌官【接唱】點化冥頑，

孔子【接唱】心意且託寄，

丌官【接唱】千萬。【音樂過序】（持竹簡遞與孔子介）

孔子（於竹簡上作刻字介）【接唱】任評論，那需忌憚。憑正氣，令邪惡汗顏。【浪白】妻呀！我決意把《魯史春秋》重新編撰，正名為《春秋》；其事則齊桓晉文，其義則誅亂臣賊子；筆則筆，削則削。後世知我罪我者，盡在那字裏行間！

丌官【浪白】啊！夫呀！【接唱】你壯語高志有若劍鋒亮燦。生也無恨悔，死也沒遺憾；節風永在世間。隱約雞聲報夜闌，今夕樓畔侶，魂消待旦，化貌變顏；花折香飄散，今生未得再重還，望你奮精神，沖天志不滅。

【內場雞啼聲】

丌官（掩袖驚疑介）【白】唉吔！雞既鳴矣，為妻：為妻也不便多留，請
夫君珍重！（欲行介）

孔子（輕牽丌官衣袖惜別介）【白】唉！妻呀！【花下句】今夕相逢圓夙願，
此後壯心重拾，典墳間8

丌官【接唱】我自當含笑落九泉，（介）夫呀，發聵振聾，憑肝膽。【白】
夫君珍重，為妻去矣！（隨煙霧什邊下介）

孔子（隨煙霧緩緩轉返几前伏案介）【白】丌官妻！丌官妻！（風鑼醒介白）
丌官妻！丌官妻！（倉皇尋覓介）（失望介）【白】唉！【花下句】一夢
迷離隱約叮嚀在，矢志育才著述，為傳揚仁義，在人間8【拉腔收】

【幕下】【第六場完】　【全劇完】

五、專文評介

我讀粵劇劇本《孔子之周遊列國》

黃兆漢

寫教化劇或教育劇不容易，寫歷史教化劇或教育劇更難，寫歷史教化或教育之歌舞劇尤難，因為它不單止要根據歷史，更要有教育性，而且須要具備歌唱和舞蹈的元素。粵劇，無疑是歌舞劇之一種，故此，要寫一齣歷史教育的粵劇，其難度之高，可想而知。

中國之三大類型教育是儒、釋、道，而其中之儒教（或說為「孔教」，因為其始創者是孔子）至為重要，其影響亦至為廣泛深遠。我相信，為儒教而撰寫粵劇劇本，是十分值得的，甚至是需要的。儒教本是治理大國和盛平之世的一種最適合的教育，中國是大國，而此刻正是盛平之世，故推行儒教正合其時，各種文藝是應該順應時代廣泛地貫串和落實這種教育。我深信，如果中國能具體和堅持地推行儒教，在不久的將來，中國定能更加興盛、太平、富強、文藝輝煌，而發展成為一個「道器並重」和「文質彬彬」的超級大國。

現時，根據傳媒報導，我喜見中國內地就算是孩童，也讀《論語》，更興奮地知道在學術界興起儒學研究，各種大小的儒學研討會在不少學術機構召開，兩岸三地的儒學研究學者聚首一堂，自由地對儒學的研究發表意見。這意味着中國的領導層逐漸重視儒家之教，真心誠意地希望從儒教得到治理大國的原則和方法。宋代的趙普說，半部《論語》便可以「定天下、致太平」，可能並不是誇大之言，或至少不是空談，或甚至不是完全荒誕無據的。中國人二千五百年以來，不斷地讀《論語》，一直不離儒教，自然有其不可忽視的道理存在。

十月上旬接到老同學胡國賢兄（即香港著名詩人羈魂）從香港遠道寄來他編撰的粵劇劇本《孔子之周遊列國》，細心捧讀多次，深覺這正是時下所需的粵劇劇本——歷史儒教的粵劇劇本。它實是現時社會最需要的一大傑作！

單看它的題材已經很不尋常了。它寫的是儒教宗師孔子自五十五歲到六十八歲的十多年間周遊列國的事蹟，從而表現出孔子偉大的人格。本來，孔子的一生已經是多彩多姿的了，例如他如何奮鬥成為一個卓絕的思想家和偉大的教育家，如何與當權者相處，如何在患難中自持，如何對學生有教無類，……等等，在在都足以為人類立下一個做人的規模，每一個生命的環節都可以寫成一個動人的劇本。只要我們細讀漢代司馬遷《史記》卷四十七的〈孔子世家〉、魏王肅編纂的《孔子家語》，或宋人胡仔編撰的《孔子編年》便可以找到不少有用和有趣的材料。此刻國賢兄挑選「周遊列國」的一段自然是戲劇性最為豐富的一個環節，可見其眼光是獨到的。

正如國賢兄在給我的信中說：「此劇以孔子中晚年周遊列國為題材，旨在刻劃他的『知其不可以為而為之』的精神，與乎堅持信念與理想的努力！其間的種種考驗，如在衛備受群臣的奚落與誤解、南子以美色與名利的試探、在陳絕糧面對生死關頭的豁達、奉詔返魯時驚聞妻喪的大喜大悲等。最後，我以一場虛構的夢會，帶出『立功』不成的孔子，最終以『立言』、『立德』而名垂青史的結局！」這是國賢兄寫這個劇本的理想，也可以說為劇本的主旨，而這個理想或主旨，在國賢兄的生花妙筆之下都達到了！

我覺得《孔子之周遊列國》一劇，無論在取材上、主題上、情節上、人物的刻劃上、甚至在分場上，文武場的設計上、板腔的安排上、小曲的挑選上都非常用心，達到很高的成就。比如說，第三場的「子見南子」是文場戲，隨着的第四場「在陳絕糧」是武場戲，這樣的設計無疑是有助於豐富劇情和增加劇力的推動的。又例如第一場「去國別妻」是「別妻戲」，而最後一場（第六場）「夢會冚官」是「會妻戲」（雖是夢會），一起一合，不獨自然，而且圓渾，令人覺得很「圓美」、心裏很舒服！昔人寫文章講究「起、承、轉、合」，此劇亦不離這個優良的文章作法。如果「去國別妻」是文章之「起」，「夢會丌官」是文章之「合」的話，那第二場「初訪帝丘」和第三場的「子見南子」便是「承」，而第四場「在陳絕糧」便是「轉」了。第五場「奉詔歸魯」也可以視之為「合」的，因為這回應第一場的「去國」的一個情節。從劇本情節的結構上看，《孔子之周遊列國》是頗為精心設計的。國賢兄是成功的詩人，文章作法對他來說，是掌握得綽綽有餘的。

說到文章，麗詞佳句在劇中俯拾即是！如果國賢兄生於元明之時，他一定是屬於「文采派」的劇作家。在頭場和尾場裏寫下了不少精美刻骨的情語！讀之而不鼻酸的幾稀矣！

在劇本六場之中，我對第三場「子見南子」（分場二）特別感興趣。從文學上講，是寫得不錯的，但當劇者（尤其是飾演孔子和南子兩角）是否能掌握得好，演繹得恰如其分是另一回事。我很希望他們能夠小心、細心去揣摩、演繹這一場。如果，他們有實力的話，一定能夠獲得比劇本本身更精彩的成績！同時，亦可以使這一場成為戲中之肉。

上世紀五十年代太平天國史權威兼廣東文獻專家簡又文教授曾為芳艷芬、陳錦棠的「新艷陽劇團」編寫過一本歷史劇《萬世流芳張玉喬》，因為劇本好，演員好，所以成為一齣名劇，轟動一時，而直至現在為止，仍為一些劇團所公演。我覺得《孔子之周遊列國》的劇本很好，如果有優秀的演員的話，說不定可以成為《萬世流芳張玉喬》之後的第一粵劇歷史劇本！

其最大的功勞自然是歸於編劇者胡國賢兄。

不過，倘若我是此劇的編劇者，我會在劇的開始時增加一場，作為楔子——如元明雜劇一般常用的楔子。這個楔子會寫孔子「適周問禮，蓋見老子」的一段史實。（見《史記》卷四十七〈孔子世家〉及卷六十三〈老莊申韓列傳〉）為什麼我會增添這個楔子呢？理由是：第一、寫孔子的謙虛好學，以作「周遊列國」的充分準備；第二、加強孔子「知其不可以為而為之」的堅毅精神；第三、如果能夠將其氣氛渲染得神秘虛幻一點，定會為劇本增加不少浪漫色彩。以這樣性質的楔子作起，而以尾場的飄忽的「夢會」作結，首尾呼應，我相信一定能夠使全劇清疏空靈一些，更耐觀眾回味！而且，以「玄虛」起，以「夢幻」結，是另類的一起一合，亦符合正統文章作法的大原則，以收完美之效。未知國賢兄以為然否？

為推行孔教而國賢兄能編撰得這樣出色的歷史劇本我覺得很安慰，我衷心地祝賀它上演成功！

二零一一年十一月於澳洲塔斯曼尼亞省

六、其他評介及詩作

評介（節錄）

——胡國賢懂粵曲，愛粵劇，今回用心創作，把孔子一生貫串成六場大戲，竟不沉悶。阮兆輝一力擔承，把孔子演好，而全台角色也認真投入，大抵受劇本感染了。（小思）

——《孔子之周遊列國》編、導、演俱佳。從曲藝到戲服都花了不少工夫、不少心血。我特別欣賞曲詞。自唐滌生以後，已見不到這樣同水平、極具文學韻味的曲詞了。（李焯芬）

——古籍片言隻語，每每言不盡意，文人發揮自己的想像力，創造劇情，可以令一段歷史產生完全不同的劇本，這正是文學的魅力所在。而筆者更認為，這樣的創作，可以開導風氣，與詮釋經典的思想家互相闡發。事實上，結合現代價值對古代經典進行完美詮釋，當為中華復興的應有之義。（童暉）

——編劇盡量把古文言淺化，沒有死搬硬套道德教條。以〈在陳絕糧〉為例，曲詞「君子不患無祿位，只患德未立時學未深」乃源自夫子「不患無位，患所以立」之道；「時窮方顯志不窮，大道朝聞，夕死應無憾」，乃取自子曰「君子固窮，小人窮斯濫矣」、「朝聞道，夕死可以」的教化。改寫後較易明白易吸收，我看，「睇戲學《論語》」固然好，若能從戲文得到啟發與反省已經最有意思。（張敏慧）

——不得不佩服胡國賢老師的魄力，能將這樣的一個人物編成一齣粵劇，當中的難度有三：一是如何將那些義正辭嚴的儒家倫理、哲學化入曲詞，既能入耳又能入心？二是脫離了「生旦」的愛情橋段，能借怎樣的劇情推展戲劇衝突、能用怎樣的人物扣人心弦？第三是從悠悠久久的先秦遠古，孔子的故事跟我們的當代生活如何關連？胡國賢的拆解法連着重構的巧思，有時候是化整為零，有時候是化零為整，譬如説，他把《論語》的章句抽絲剝繭，拆成斷句、星言片語，或擷取意象，嵌入現代的語法中，把文詞的密度鬆開了，配合易聽的小曲，唱來便聲聲入於感官；其次，他以孔子周遊列國的奇遇、凶險、困厄作為戲劇的軸心，製造步步荊棘又化險為夷的跌宕，扣住了觀眾的專注力，同時加入孔子與妻子丌官的鶼鰈情深、孔子跟寵姬南子言語對弈的張力，作為生旦的對戲，清新自然又不落俗套。（洛楓）

——外投美典如戲曲者，當其表演的結構達到圓融的境界，則是和中國上層傳統抒情美典（內省的）重合。……這個戲，在藝術上尚不能説此刻就達到這樣高的境界，藝術是要雕琢的，白先勇的《牡丹亭》經驗是，沒有一百場的演出難言精致！香港的條件不同，但爭取多演吧，把它磨成香港獨家的精品是我的期待！（沈秉和）

——《孔子之周遊列國》涉及的情節十分複雜。難得編劇安排得如此有條理，尤其借助劇中兩位角色（一忠一奸）以唱「白欖」方式交代，乾淨利落而不失戲味！第三場的〈子見南子〉，史傳中只有寥寥數語，卻能鋪寫一場為極富戲劇衝突的「夜會」，還加入衛靈公的「問罪」，足見作者於史實框框下的創意。事實上，胡國賢本身是位新詩作者，以詩人撰寫劇本，文字功力自是了得，更能營造出浪漫氣氛。本劇可說是香港近數年較成功的新編粵劇。（周凡夫）

——這劇詞藻豐富，文雅鏗鏘，不只具有文學作品之水平，編劇還透過不同場口，通過角色把孔子的思想具體以文字唸唱出來，讓觀眾從劇中人物的口中體驗大道聖賢的仁風義理。如場二衛靈公問孔子排兵佈陣之法，孔子唱：「治國何需講軍政，恕未慣刀兵，應將禮樂仁義詠。」乃由《論語》〈衛靈公〉中，孔子曰：「俎豆之事，嘗聞之矣，軍旅之事，未之學也。」意繹出來。（鄧蘭）

——《孔子之周遊列國》參考了《史記》、《論語》等著作，劇中詞藻豐富，文言白話兼而有之，文雅中又不失鏗鏘，生動地再現了孔子欲濟蒼生卻顛沛流離的生活。讓人驚喜的是，部分艱澀難懂的文言在劇中用白話取代，更利於觀眾接受。（趙珊）

——胡校長為本地文學作家，但所編寫的劇本卻未有刻意雕琢的問題。詞句順溜，而且善用小曲，可聽性高，最難得是他把《論語》原文譜進曲中，由演員唱出，自然有一番味道。（區翊豪）

——編劇胡國賢，憑他的熱誠、虛心，與阮兆輝、新劍郎取得默契，鄧美玲的從中協助，孔教學院的湯恩佳院長支持，令粵劇舞台終於見到「萬世師表」的苦行故事，亦令大家對孔教有較多的認識。（馬龍）

——粵曲曲詞，是古文和白話文中間的橋樑，借助粵曲曲詞學《論語》，不做他想。配以適當的文章、感想，可以幫助莘莘學子找到孔子的心。（胡燕青）

——古代女性是在唯男政治壓抑下，被過度疏忽不寫的大主題——「孔妻留絹」這藝術創作劇情，便貫穿全劇（雖薄薄一方巾）！周凡夫説：寫過現代詩的人來度曲，練字遣句，當優為之。他醉倒於尾場。我則説：作者在嘆道不行，還有夢裏的她。（吳萱人）

——一個人，一段歷史，總是有褒有貶。讀歷史、看人物，重要的似乎

已不是那段歷史和人物的本來面貌，而是解讀者如何解讀一個人、一段歷史，乃至解讀者自己周遭的社會環境和人生面貌。（冬夜）

——《孔子之周遊列國》，不但止可以「睇戲學《論語》」，而且將孔子的「知其不可而為之」的精神道出，教人自我省思，其中刻劃的師生之情、夫妻之愛，亦能觸動人心，特別是尾場〈夢會丌官〉，尤其感人。（馮珍金）

——編劇胡國賢老師所開拓的「文人粵劇」，既專業又創新，把孔子的歷史和人格意志發揮得淋漓盡致，名伶唱做俱佳，繞樑三日。（吳美筠）

——能將博深及繁雜之歷史文化、思想史事，深入淺出，且按粵劇程式處理，真真無法有能力置喙。粵劇承傳，百花齊放：賢士各展其才，文化教育亦獲益良多。（李漢光）

詩作（選輯）

荃心荃情慈善夜與妻合唱〈子見南子〉後有感

胡國賢

婦唱夫隨第一回，孔丘南子現銀台。昭昭壯志唯天鑑，耿耿丹心嘆自哀。
愧乏聲情酬盛意，未憑唱做諒庸才。聖人唐突緣興學，子弟親朋盍興來。

孔劇五演前偶感

胡國賢

五度響鑼西九區，晚成大戲展氍毹。恩沾至聖才方遇，佳會名伶德不孤。
門外新編蒙謬譽，案頭少作自清娛。待時藏器毋輕動，豈冀人知孰笑胡。

賀國賢兄孔子之周遊列國劇作五度搬演

陳志清

五度梨園演仲尼，桂堂西九最相宜。述陳難裏真夫子，國手高賢啟深思。

觀孔子周遊列國粵劇疊和酬贈國賢兄

陳志清

五演仲尼悲鳳姿，香江紅豆發華枝。大同無望宣仁政，寡國還能禮璧池。
非昔齊桓失魯調，是今文翰可陳思。牡丹初唱宜黃舌，各有聲腔異地時。

孔劇五演後有感並和志清兄贈詩

胡國賢

七年五度戲台姿，跨代伶人散葉枝。西九初弘夫子劇，大千幸有鳳凰池。
絕糧難輟弦歌志，去國長懷濟世思。不可而為今古一，盡其在我豈趨時。

再就孔劇孔教文化答國賢兄

陳志清

鳳凰已去眾無姿，老樹碧梧空有枝。編劇填詞須密線，做人為學效臨池。
古今好利同私念，樂舞興文動遠思。台上移情能上面，何如台下演多時。

再和志清兄就孔劇孔聖文化答詩寄懷

胡國賢

世道凡情萬變姿，鳳凰老去寄何枝。那無伯樂知良驥，縱有潛蛟困濁池。
帳設為傳君子教，篇成盼演聖人思。新詩少壯吟哦罷，反璞從來亦與時。

看胡國賢校長編撰粵劇《孔子之周遊列國》有感

馮天樂

國粹弘揚使命堅，梨園盛況喜空前。聖賢雅樂傳千里，夫子回眸笑九泉。

敬和天樂兄贈詩記慚

胡國賢

匡時濟世志彌堅，列國周遊勇往前。夫子千秋垂德業，慚將濁水混清泉。

與胡國賢校長談粵劇《孔子之周遊列國》有感

馮天樂

育成桃李不辭辛，粵劇承傳代有人。唯願杏壇多俊彥，弦歌不絕作新民。

步韻和馮兄並誌昨夜網上暢談孔劇

胡國賢

填詞度曲未為辛，最是難尋解讀人。此夜熒屏聲影茂，同欽至聖眷斯民。

聽胡國賢兄校長〈從粵劇看論語〉講座戲贈

李婉華

新編粵劇仰高明，導俗心懷氣自橫。半部助治天下業，片言練達世間名。

如何章句翻情節，幾許研磨到旦生。列國周遊今與昔，待看重演耀香城。

主持〈從粵劇看論語〉講座後有感並和婉華贈詩

胡國賢

儒經粵藝兩分明，拙筆聯編諒肆橫。五度高台揚德教，首回講座忝虛名。

細論哲語熒屏活，漫析蕪詞影象生。雅士滿堂當仰止，先師垂訓勝連城。

桃谿雪

首演：二零二一年六月二十一日及二十二日（二場）
輝鳴藝舍（高山劇場新翼演奏廳）

一、創作緣起

青衿有夢白頭圓

——粵劇《桃谿雪》的創作始末

半世桃谿說此篇，青衿有夢白頭圓。
帝花初識驚眩目，絳雪新成苦望肩。
師勉題辭心感領，才疏稿易憾耽延。
案頭終得台前演，龍嘯輝鳴共管弦。

粵劇《桃谿雪》的創作構思，可追溯至上世紀六十年代末。當時，我仍在香港大學攻讀，由於鍾情粵劇《帝女花》，便嘗試在圖書館找尋資料，竟發現唐滌生此劇原有所本，就是清代黃燮清雜劇《倚晴樓七種曲》。《帝女花》是七曲中的第一曲，而第二曲則是《桃谿雪》，便油然生起改編之心，以附唐氏驥尾。

細閱黃氏原作，不論《帝女花》或《桃谿雪》，均以旦角為主，生角則可有可無。前者歌頌長平公主之慧德；後者表揚吳絳雪之貞烈。粵劇《帝女花》，於唐滌生筆下，化腐朽為神奇，把劇中本來平庸的駙馬周世顯，塑造為仁義智勇之士，地位堪與長平公主分庭抗禮，造就任白藝術的永垂不朽，唐氏之功力可見。至若《桃谿雪》原作，同樣重女輕男。生角徐明英原劇中僅為一名秀才，及後於遊學途中客死異鄉，角色無足輕重。本人因而大膽創作，把徐明英改造為一位文武雙全，卻具不忍人之心的名士——他厭棄官場，與妻吳絳雪歸隱桃谿莊，自得其樂；惟目睹當前亂局，終在妻子勸勉下，毅然投筆從戎，保家衛民，從而發展出一段殉國殉情的可歌可泣故事。

坦白說，當年的我，課餘創作仍以新詩為主。雖說自幼已喜愛粵劇，卻只是從看粵語片或聽收音機，耳濡目染而來；就是粵劇，也只是偶爾偷入戲棚打戲釘才能親睹。對撰作粵劇，好聽的說，是「無師自通」；現實的說，是「不自量力」。當然，年少氣盛的我，還是知其不可為而為，並呼應當時盛行於年輕一輩中的反戰思潮，以此為主題，寫成了第一場〈勸戎〉的初稿；其中一段小曲【柳搖金】，更曾在中文系某次文娛活動中於師生面前試唱，竟換來饒師一句：「寫得比唱得好」半說笑的回饋！

七八十年代當教師時，也曾斷斷續續地寫了數場戲。不知道當年的學生，好像碧賢、美筠、洛楓等，可還記得我曾於課堂內外試唱過的那些片段呢？只是，到了八九十年代任校長後，雖未至日理萬機，課餘精力卻多投放於家庭、詩社之中，自然無暇兼顧粵藝，劇本的撰寫便一直耽擱下來。

直至本世紀初，正式退休下來，我卻把閒情餘力由新詩轉到舊詩中，壓根兒沒想過創作粵曲粵劇。二零一零年，適逢孔教學院八十周年院慶，在湯恩佳院長的鼓勵和支持下，我竟毅然編撰了個人第一齣可供舞台搬演的粵劇——《孔子之周遊列國》。該劇更僥倖得到阮兆輝、新劍郎、鄧美玲三位老倌的賞識，提出不少建設性的意見，並樂意擔綱演出。（孔子這個劇中最吃重角色更由輝哥一力承肩。）二零一二年首演後，業界內外均予好評，從而復萌我創作粵劇之心。

終於，憑藉這股信心與激情，我真正完成了《桃谿雪》一劇的初稿，並蒙恩師饒宗頤教授題辭勉勵。（或許他還記得當年那半說笑的評語吧！）二零一六年，我更以此劇參加新編粵劇創作比賽；可惜，初賽雖有幸入圍，最終沒有獲獎，加以得不到任何資助或贊助，演出計劃就此耽擱下來。

不過，要非這次挫敗，也不知道自己這個門外漢在編撰粵劇方面，原來有很多不足之處，因而下定決心，觀摩更多劇本，也觀賞更多新舊粵劇演出，為《桃谿雪》來個脫胎換骨的修訂。

二零一九年九月，應邀出席劉建榮老師的壽宴，經陳守仁教授薦介，認識了黃葆輝。原來她的新劇團成立不久，正想找一些新劇演出，我便把《桃谿雪》修訂後的劇本交給她，從而開展我們合作之路。隨後，我偶爾與輝哥談及此事，他竟深表興趣，並樂意參與演出，最後還毅然肩負藝術顧問之責。就這樣，在雙輝拱照下，我的「青衿夢」，終可於半世紀後得以「白頭圓」呢！

輝哥當顧問的第一項要務，自然是劇本審訂。這讓我不期重溫多年前與他共商孔劇時的種種情景……

看過劇本後，輝哥提出的最大改動是時代背景。鑑於主角吳絳雪是清初才女，史冊有載；而黃燮清原劇亦是根據三藩之亂中真人真事改編的，我的劇本也是依此編撰。其實，我也曾考慮過，清裝劇向來不好演，觀眾反應一般；惟是史冊歷歷可尋，因而不敢貿然改動。不過，輝哥卻認為，黃燮清原作無疑站在清室立場，三藩自是叛逆之亂；但三藩當時也曾以反清復明為口號，始終存在一定的爭議。他建議不必拘泥於史實，不妨大膽創作，把背景改為南明諸王之爭，避開上述正統問題。我登時的反應是，既然可以不盡依史實，何不提前至明末，以流寇之亂為背景呢？那末，忠奸正邪更易於定位呢！輝哥聽後，欣然同意。解決了清裝戲的煩惱，其後的改寫便如流水行雲，得心應手。

輝哥另一項意見是，徐明英因一時惻隱，不殺賊魁，反遭其暗算，導致全軍覆沒，雖切合人物性格，卻不易為觀眾認同，且較難在舞台上演繹。因此，經討論後，我便把劇情改為賊軍戰敗後以暗箭傷人，相信觀眾對這樣安排會較易接受吧！至於史實中賊將徐尚朝，因與徐明英同姓，我更索性把他改為秦尚潮，以免混淆。

另一位我要感謝的，就是李龍先生。素知他樂於扶掖後輩之心，多次夥拍葆輝，成績斐然。不過，這次演出的，卻是由圈外新人撰寫的新劇，要付出的時間與心力無疑倍增。難得他毅然允諾，還與輝哥一同於曲白介口等細節上，給予我不少寶貴意見，令我獲益良多。

「青衿有夢白頭圓」，《桃谿雪》終由青衿少年來自圖書館中的夢想，變成白頭老漢呈現於氍毹上的新戲，過程也許未及台上的故事曲折。不過，對我來説，已是一次無比難得的經歷與體驗。當然，無論怎樣，觀眾的眼睛才是最雪亮的——年輕劇團＋名伶＋新秀＋編劇老新人，究能擦出怎樣的火花，始終要留給大家評定。

二、故事大綱

明末，浙東才子徐明英與妻吳絳雪隱居永康桃谿莊，不慕名利，日夕唱隨相得，本屬神仙美眷；奈何政局紛亂，盜賊蠭起。時流寇秦尚潮於福州起兵，並即將攻入浙東。其人行軍詭詐，心狠手辣，更好色成性。絳雪有見及此，欲勸夫為國為民，投筆從戎，遂借賞花為名，曉以大義，惟明英仍不為所動。適值絳雪遠嫁溫州之妹素文因避亂前來投靠，方知戰火已逼近眉睫。明英在二人力勸之下，終決意從軍，保家衛國。

明英投身總兵李榮麾下，滿以為武略文韜，可以一展抱負。誰料征戰多月，但見殺戮頻頻，屍橫遍野，不禁質疑導致人類相殘之戰爭，有何意義。一夕，賊兵突襲軍營，三十里坑一役，李榮及副將陳凱先後中伏陣亡；明英亦為暗箭所傷，身遭重創；本欲一死存忠，惟念及永康百姓與妻子安危，乃黯然潛匿山野，徐圖後計。

秦尚潮乘勝揮軍圍困永康，因慕絳雪才貌，以一紙招降書迫嫁，否則俱焚玉石。縣丞趙無端與主簿李可待苦無對策，只好曲從，並親往桃谿莊，勸迫絳雪事賊。素文雖直斥其非，惟因明英死訊誤傳而來，絳雪萬念俱灰，本欲殉夫，惟為免生靈塗炭，更欲與賊同歸於盡，遂慘然允諾。

絳雪與永康一眾官民話別後，淒然孤身上路。素文突趕往十里亭，再行送別。姊妹臨歧，不勝依依。素文提出以身代姊，為絳雪嚴辭拒絕。時明英亦風聞絳雪從賊消息，驚疑不已，遂趕返永康了解實情，於城郊遇見素文，始明白其中始末，既憂且憤，遂決意趕往三十里坑救妻。

秦尚潮為討好紅顏，移師金華，並從絳雪之議，設花燭於三十里坑。原來絳雪意欲調虎離山，伺機行刺，更以為明英陣亡於此，特藉辭哭祭。尚潮終洞悉其情，不由大怒；而絳雪行刺不遂，亦幾為所殺，幸明英及時趕到。兩雄再遇，公仇私恨，付諸一戰。尚潮終死於明英槍下，惟明英亦因舊患新傷，命懸一線。絳雪決意與明英雙雙投崖，殉國殉情，以死明志。可憐桃谿雪落，空餘哀歌一闋，青史長留。

三、主要角色、行當及首演演員

徐明英（文武生，李龍飾）：

浙東才子，文武雙全，不慕功名，歸隱桃谿莊；後得妻子吳絳雪勸勉，乃毅然投筆從戎。惜因大軍中伏，全軍覆沒，僅以身免；本欲一死存忠，惟念及百姓與妻子安危，遂黯然潛匿山野，徐圖後計。後驚悉妻子委曲從賊，乃冒險趕往營救。雖手刃賊首，惟渾身舊患新傷，命懸一線，乃與妻雙雙投崖，殉國殉情，足見其重情重義、盡愛盡忠。

吳絳雪（正印花旦，黃葆輝飾）：

明英妻，永康才女，秀外慧中，更深明大義；為挽時艱勸夫從戎於前，代解一縣之危甘願從賊於後，更欲於三十里坑刺殺賊魁，事敗為夫所救；惟不忍見夫重傷垂危，終雙雙投崖，殉國殉情。其堅貞節烈，直教天地動容。

吳素文（二幫花旦，林芯菱飾）：

絳雪胞妹，本外嫁溫州，因戰亂喪夫而逃難還鄉，投靠絳雪。對永康官員迫嫁絳雪，深感不滿而仗義執言，更欲代姊從賊，卻為絳雪拒斥。惟已見其為人正直，更愛姊情深。

李榮（武生，阮兆輝飾）：

浙東抗賊統帥，為人忠勇，更身先士卒，並堅持「正義」之戰；惜於三十里坑一役，為救同袍而戰死沙場。

陳凱（小生，詹浩鋒飾）：

李榮副將，對李榮極為敬重；驍勇善戰，永不言棄。惜先因中伏連累李榮殉難，後再遭暗箭而壯烈犧牲。

秦尚潮（丑生，郭啟煇飾）：

賊寇首領，為人兇殘狡詐，以奸計暗算李榮大軍；更好色成性，迫令永康獻出絳雪，方免屠城之劫。惟亦因貪色，誤中絳雪調虎離山之計，並於三十里坑，與明英決戰，終喪生槍下。

趙無端（武生，阮兆輝分飾）：
永康縣縣丞，雖愛民如子，卻無力抗賊，只得獻美求全，並迫勸服絳雪從賊。其情可憫，惟於德有虧。
李可待（小生，詹浩鋒分飾）：
永康縣主簿，為人正直，曾反對獻美乞降之策，惟終向現實低頭，奈何！
慶雲（三幫花旦，李晴茵飾）：
徐家侍婢，深受明英及絳雪薰陶，略懂詩書，更敬重徐氏夫婦才學與情操。

四、劇本

第一場　勸戎

人物：
慶雲、吳絳雪、徐明英、吳素文、眾婢僕

布景：
庭院景（桃谿莊一角）。雅致清幽，內有小亭；旁有一樹杏花，嫣紅欲滴。

【牌子頭一句作上句】【起幕】

慶雲（捧酒筵什邊上介）【長花下句】桃源洞，桃源洞，永康小縣彷若桃源洞，民豐物阜百業興隆，桃谿何幸棲息鸞和鳳，一個雙全文武，一個秀外慧中8夫人一闋四季回文，更赢得八方稱頌。【白】小婢慶雲，為徐家侍婢。我家相公、夫人，堪稱女貌郎才，好一對神仙眷屬。（介）今日初露晨光，夫人已囑咐我置酒東園，想又是夫妻詩酒唱酬，好不風雅呀！（衣邊下介）

【士工慢板引子】

吳絳雪（衣邊上介）【士工慢板下句】東風送暖入春衣，茗椀爐香伴掩扉，晨妝淡抹，嘆無心撥弄，焦桐8魚水兩歡承，詩書同賦詠，忍教劍氣鎖蘭房，英雄迷蝶夢。【拉腔收】【轉花下句】莫道娥眉但解風與月，須知巾幗還識孝和忠8此際干戈撩亂武陵煙，疏檽難隔，隱隱雷鼓動。【白】奴家吳絳雪，浙東永康人氏，（介）我家官人徐明英，與奴家琴瑟和諧，竊比孟梁之韻。（介）只恨國勢日遷，寇兵作亂；官人他厭棄功名，隱居廬舍，本亦屬夷齊高志，莊老逸懷。（介）惟是半壁山河，才士不為時用，也枉費滿腹經綸，一腔熱血。（介）故而今日，我特地設宴東園，好待賞花遣興之際，曉以大義！正是：（介）【轉詩白】復振鯤鵬沖天翅，休教鶯燕醉魚龍。（於園中賞花靜坐介）

徐明英（衣邊上介）【南音】閒將詩賦誦。弄月愛吟風8逍遙灑脫，傲嘯蒼穹8還笑昔年，彈鋏乞時用。惟嘆官場矯偽，壯志成空8自負清才，但向泉林縱，但向泉林縱。【直轉二王下句】只羨鴛鴦同樂，奚事匹馬，覓榮封8好趁春光賞花紅，豈任俗塵，【轉合尺花】豈任俗塵，沾染東籬夢。【白】小生徐明英，表字孟華，薄有才名，未舒壯志。（介）幸喜荊妻吳氏，貌比王嬙，才逾蘇蕙，日夕唱隨相得，形影交憐。鄉曲隱居，也是神仙樂處。正是：（介）【轉詩白】閒來漫讀書千卷，興至還傾酒百盅。（入園介）

慶雲（於【詩白】期間，端酒菜衣邊復上，並於亭內擺置酒菜介）

吳絳雪（見明英趨前相見介）【白】官人有禮！

徐明英（趨前回禮介）【白】娘子有禮！

慶雲（趨前向二人揖禮介）【白】參見相公、夫人，酒筵已備。

（徐擺手示意慶雲退下介）

（慶雲揖禮罷，什邊下介）

徐明英【白】娘子，曉露輕寒，你清早遊園，敢是又在尋章摘句？

吳絳雪【白】非也！只因今日春光明媚，官人所種杏花，開得這般茂盛，
故而特備小酌，與官人遣興則箇。

徐明英（遊目介）【白】娘子想得周到！

（二人同賞花介）

徐明英【白】果然是好一株杏花呀！【柳搖金】輕拂醉紅落燕風，

吳絳雪【接唱】好花嬌盈，幸有名士種，

徐明英【接唱】惜春詩句待鑄融，

吳絳雪【接唱】香濺杏園熏風送，彷似暗香月浮動，

徐明英【接唱】看佢微含笑，杏臉還醉霧霞中，

吳絳雪【接唱】花解語，獨愁秋霜凍，

徐明英【接唱】映襯玉容，一樹紅遍畫樓東，

吳絳雪【接唱】美景不常，暴雨寒露重，一朝摧折剩斷紅。

徐明英（疑惑介）【白】娘子，賞樂之間，緣何出此憂思之語？

吳絳雪（憂心忡忡介）【白】唉，官人呀！【花下句】正是情天未保花長壽，杯酒難消恨千重8怕聞鼙鼓亂蝸廬，點點杏紅，尚帶山河痛。【白】想如今流寇秦尚潮竄擾閩中，人強馬壯。（介）倘有變端，那時候，浙東必首當其衝。又怎教我，不無那杞人之憂呢？

徐明英（不屑介）【白】嘻！【花下句】閒雲那管塵寰事，野鶴翩然快哉風8東籬採菊樂南山，此際潛龍仍勿用。

吳絳雪【白】官人，此言差矣！【反線中板下句】滿目故園山，半窗啼鶯嘆，未憑詩酒，化作射鵰弓8醉眠花下怕春霆，連城草木帶羶腥，老死若鴻毛，何如泰山重。赤壁念周郎，草廬思諸葛，愧無班超志，投筆願從戎8【轉花】金劍何堪自沉埋，逆耳忠言，只為驚客夢。

徐明英（不以為然介）【減字芙蓉下句】有酒何妨勤自奉，知否王圖霸業轉頭空8

吳絳雪【接唱】青山依舊夕陽紅，只怕烽煙驚破琴棋夢。

徐明英【接唱】你休提風雨事，但願長醉臥元龍8

吳絳雪【轉花】唉，無術怨媧皇，想不到鳳台竟是英雄塚。

徐明英【白】娘子，國事莫多談，還是賞花也罷！（挽絳雪手埋座介）

吳絳雪（無奈陪同埋座介）

吳素文（背一包袱，隨慶雲匆匆什邊同上介）

吳素文（邊走邊唱介）【快花下句】兵荒馬亂嘆途窮8乞取一角小樓，棲苦鳳。（入園介，見絳雪即衝前相見介）【白】姐姐！

吳絳雪（見素文狼狽狀，疑惑介）【白】啊！原來是素文妹妹！【花下句】輕雲流夢無常會，何處曉風送芙蓉8

徐明英（趨前相見介）【接唱】匆匆倒屣恕失迎，【一才】【另場接唱】咦？乍見佢鬢亂釵橫，神色重。

吳絳雪（趨前執手慰問介）【白】妹妹何以狼狽若此呀？

吳素文（悲痛介）【白】姐姐呀！【手托】青鬢盡染霜與風，草寇為患戰雲動，若孤燕，夕旦也驚弓。【浪白】只因秦尚潮已舉兵作亂，更攻佔溫州。奴夫為保國安家，早已，早已在月前殉難。（飲泣介）此際倉卒前來，但求一枝之棲，免得孤魂無寄。

吳絳雪（勸慰介）【浪白】然則，溫州災情如何呀？

吳素文【浪白】姐姐請聽呀！【續唱手托】家破寥落再難復與共，荒田陋室已掘窮，恨飄泊，似弱絮各西東𠵱【浪白】可嘆十室九空，百姓流離失所。

吳絳雪（關心介）【浪白】妹妹又如何脫險呀？

吳素文【浪白】姐姐再聽呀！【續唱手托】穿林渡水趁月濛，白骨冷，數十里遍新塚。

徐明英【另場沉花下句】唉吔吔，霹靂金鼓傳幽咽，飄搖風雨嘆飛蓬𠵱【爽七字清】痛山河，波浪湧。烽煙滿佈鼠狼凶。憎見群丑跳樑江關動。翻騰何處覓英雄８【一才】（欲衝前介）【白】唉吔！【轉花】惟是塵網怕重投，【一才】（克制介）且把萬盞新愁一杯送。（回座介）

吳絳雪（以眼色示意，盼素文代勸明英介）

吳素文（明白，趨前欲勸介）

徐明英（見素文行前，故作若無其事介）【白】素文，你僕僕風塵，不如先到內堂稍事休息吧！

吳絳雪（終按捺不住，痛心趨前緊執明英手介）【白】唉，官人呀！【禪院鐘聲尾段】你可知，漫天烽火浩劫中。

吳素文【接唱】雄心休向花月弄。

徐明英【接唱】嘻！青衫偏愛一襟風，隱居世外效臨邛。

吳絳雪【接唱】應知河山哀，江嶽痛。

吳素文【接唱】憑誰仗劍，保家衛國誅奸凶。

徐明英【接唱】忍教污腥滿掌中，鐵馬金戈碎客夢。

吳絳雪【接唱】翹首碧翁，怎得消災護眾，

吳素文【接唱】亂世那覓良將挽時窮。

吳絳雪【口古】官人，枉你飽讀詩書，何竟不明大義；但求獨善其身，卻不理蒼生苦痛。（三批介）

吳素文【口古】姐丈，你縱未能兼濟天下，也應當仁不讓，拯黎民於水火之中8（三批介）

吳絳雪、素文【同白】官人／姐丈三思！（一左一右向明英催逼介）

徐明英（水波浪思索介）【白】這個嗎？（毅然介）【白】也罷！【快中板下句】躍淵此際會雲龍8非為微名求自用。只憐草澤遍哀鴻8【轉花】且看今日英雄，力把乾坤鞏。【一才】

吳絳雪（喜悅介）【口古】欣悉官人為渡濟蒼生，願為國用。（介）

吳素文【口古】惟是如今馬亂兵荒，究可往何處從戎8（介）

徐明英【口古】聞得朝廷已派遣總兵李榮討賊，佢素有英名，更為人忠勇。（介）

吳絳雪【口古】既然如此，你且投身佢麾下，以期克奏膚功8（介）

徐明英（點頭介）【白】正有此意！如此說，娘子，你與素文就留在桃谿，
靜候我嘅佳音捷報！

吳綘雪（欣慰介）【花下句】猶幸勸戎不負三寸舌，

徐明英【接唱】且看鯤鵬舉翅，斂罡風8【拉腔收】

【暗燈】【第一場完】

第二場　爭戰

人物：

李榮、陳凱、徐明英、秦尚朝、先鋒、眾兵、眾賊

布景：

（場景一）郊野營帳景。帳旁有一銀槍，後有一桌一燈。

（場景二）三十里坑戰場景。遠景為山野密林，形勢險惡。崖角立一碑石，上書「三十里坑」。

【牌子頭】【落中幕】

李榮（內場）【士工首板】壯志凌雲赤膽。

（李榮、陳凱及眾兵什邊同上介）

李榮【慢板下句】肩重擔，承大任，安邦衛國，豈容盜賊，肆縱橫8嘆蒼生，罹劫禍，征戰連場，尚未得蕩平，寇患。

陳凱【白】總兵呀！【花下句】你櫛風沐雨扶家國，有如一柱把天撐8末將願誓死追隨，決不負此英雄肝膽。

李榮（點首示欣慰介）【口古】陳副將！想秦尚潮已攻佔溫州，直指永康，勢如破竹；猶幸我軍及時阻截，才將佢嘅鋒芒稍減。（介）

陳凱【口古】總兵此言甚是，尤其自參將徐明英投效以來，憑藉佢嘅英勇才智，我軍才守得住此三十里坑8（介）

李榮【口古】惟是如今兩軍僵持數月，秦賊更不時偷襲，恐怕軍心會因而渙散。（介）

陳凱【口古】何不前往後營，與徐參將把軍務同參8（介）

李榮【白】好主意！好主意！【花下句】且待從長計議，破敵誅奸8

陳凱【白】如此說，總兵，請！

（李榮、陳凱及眾兵衣邊同下介）

眾兵（內場）【武西廂】漫漫夜漫漫，漫漫夜漫漫，軍兵驍勇苦戰間，護我鄉關，望斷鄉關。

【於歌聲中起中幕】（營帳景）

徐明英（獨坐帳中，聞歌聲不期步出帳外，感觸介）【白】唉！【長句滾花】刁斗嘆森嚴，鼓笳悲無限，忍看茫茫煙水冷，怕聽樓堞報更殘，月是秦時經黯淡，關非漢代已等閒，長征自古幾人回，虎將如今，驚歲晚。【白】想我徐明英，一自投奔李總兵麾下，拜為參將，滿以為武略文韜，可以輕除逆賊。（介）誰料征戰多月，依然困守此三十里坑，進退維艱，真箇令人氣喪。（介）正是：【詩白】昔日臥龍慚抱躬耕樂，今宵飛虎還哀，社稷殘8（回身帳內，沉吟介）

（三更介）

內場【白】李總兵到！

徐明英【白】出迎！

（李榮、陳凱與眾兵什邊同復上介）

（三人互拜見禮介）

徐明英【白】參見李總兵！

李榮【白】徐參將，戎馬倥傯，不必多禮！此際前來，為與你把軍情商討。想如今大軍苦守於此，進退兩難，未知參將有何對策？

徐明英【白】總兵呀！【朦朧】重重山嶺度為難，能禦防守駐，無畏流寇強橫。切忌妄出山，怕遇襲喪生，更恐霧瀰漫。箭亂射，斷後路，復火縱，九死一生。【白】此處宜守不宜攻呀！

陳凱【白】徐參將之見，恕末將未敢苟同！【花下句】久守徒增狼虎勢，寧甘一戰決死生８一命能償百命冤，拚與賊人齊殉難。

李榮【白】沒錯！【接唱花下句】若非頭顱鮮血奉，又怎能保得故國好河山８

徐明英【白】唉！總兵呀！【接唱花上句】莫教戰火昧天良，管他賊賊兵
兵，亦有父母妻兒心牽挽。

陳凱【白】徐參將！【下西岐】你莫惹愁煩似蠶作繭，為國忘身刀劍間，
志士執戈只憑熱血丹。

徐明英【接唱】妄施殺戮何太濫，倍恨倍悲萬民浩劫不可挽，空負勇兒男。

李榮【接唱】萬民浩劫終可挽，休再自愧兒男。眾志成城，匹夫還紓國
難，興衰責同力要擔。

徐明英【接唱】辜負美好江山，哀鴻遍地慘。

【擂鼓介】【內場喎呵介】

先鋒（沖頭什邊上介）【白】稟告總兵，秦尚潮帶領賊軍，偷襲大營，快
要殺到前山，請總兵定奪！

（三人聞報同驚訝介）【白】唉吔！

陳凱（趨前向李榮請纓介）【口古】總兵，大敵當前，末將願領兵先行，
不容怠慢。（介）

徐明英（趨前勸阻介）【口古】且慢！如今貿然出戰，恐防有詐在其間︰（介）

陳凱（不屑介）【白】嘻！【花下句】投鼠何需多忌器，拚教馬革裹屍還︰請纓領軍殺強梁，勇往直前無忌憚。

李榮【白】也罷！陳副將，你且率領前軍抗賊，大軍隨後便到。（叮囑介）慢來！你，你萬事要小心才是呀！

陳凱【白】得令！（策馬率先鋒及數兵匆匆什邊下介）

李榮（向明英囑咐介）【白】徐參將，你且留駐後營，吩咐後軍緊守崗位，隨時候命！

徐明英（接令介）【白】得令！

李榮【快點下句】樓蘭不斬誓不還︰【一才】【轉花】勇闖陣前毋怠慢。（向眾兵下令介）【白】眾將士，隨我來！（策馬率數兵什邊下介）

【雁兒落】（陣陣火光、煙霧及鼓笳聲介）

【擂鼓介】【內場喝呵介】

先鋒（什邊沖頭復上介）【白】前軍失利，參將定奪！

徐明英【白】唉吔！【快中板下句】執戈躍馬挽狂瀾，救急扶危於夕旦。（揚手介）但憑獨臂破重關，【拉腔收】【白】人來，帶馬！（策馬提槍率眾兵，匆匆什邊同下介）

【落中幕】

秦尚朝（內場）【首板一句】烈火焚林寒敵膽。

秦尚朝（率眾賊什邊鑼邊花上介）【花下句】破營不費吹灰力，誰及我多謀足智計行奸，李榮精銳已消磨，此日定要除根，將草斬。【鑼鼓白】孤家，秦王秦尚潮，自起兵以來，戰無不勝。所過州縣，若不把美人財帛獻上，定然玉石俱焚。（介）【白】今日若一舉殲滅李榮，永康便指日可破。聞得城中有才女吳絳雪，才貌雙全。那時候，（暗笑介）那時候，既可掠地取城，又可奪得美人，真箇幾生修到！

李榮、**陳凱**（率眾兵沖頭衣邊上介，與眾賊廝殺介）

李榮（終因救陳凱為秦尚朝所殺，死介）

陳凱（獨力抗賊不敵敗走，衣邊下介）

秦尚朝【白】乘勝追擊！（率眾賊匆匆追趕，衣邊下介）

【暗燈】【起中幕】（三十里坑戰場景，台右加「三十里坑碑石」）

陳凱（內場）【白】殺敗了！殺敗了！（負傷什邊復上介）【大笛快二流下句】連番中伏，險死還生8可奈眾寡懸殊，【一才】【轉合尺花】怨一句天胡不鑑。

秦尚朝（率眾賊什邊追殺復上介）【白】那裏走！那裏走！

徐明英（策馬提槍率眾兵，衣邊復上介）（見陳凱即沖前相救，並提槍與秦尚朝對打介）【白】狗賊，看槍！

秦尚朝（急舉刀迎戰介）【白】看刀！（與明英激戰一番，漸不支介）（轉向眾賊高呼介）【白】走！（率眾賊匆匆衣邊下介）

陳凱（步履不穩欲跌倒介）

徐明英（急忙趨前扶持介）【白】陳副將，你何以這般模樣呀？

陳凱【白】唉，徐參將！我真係後悔無聽你嘅勸告，至有中了賊人火攻嘅奸計。【爽二王下句】弄致全軍潰敗，馬倒，兵翻8幸賴總兵破重圍，【一才】惟是他……

徐明英（焦急介）【攝白】總兵他，他怎樣呀？

陳凱（沉痛介）【轉合尺花】唯嘆中伏荒林，他，他已身殉難。（欲哭無淚介）

徐明英（激動介）【白】此事當真？

陳凱（悲慟介）【白】當真！

徐明英（激動介）【白】果然？

陳凱（悲慟介）【白】果然！

徐明英、**陳凱**【哭相思】總兵呀！（率眾兵同跪叩介）

徐明英【合尺花下句】英雄末路，忠義貫塵寰8將軍一去樹飄零，且待重整軍容，營地返。（欲率眾人離去介）

秦尚朝（率眾賊什邊追殺復上介）【白】那裏走！那裏走！

徐明英、**陳凱**（率眾兵迎戰介）

陳凱（為秦所殺，死介）

徐明英（寡不敵眾，負傷衣邊下介）

秦尚朝（洋洋得意介）【花下句】梟雄未懼金刀老，獨畏銀槍虎將勇武不凡８故技重施，趁此風高月冷。【白】就是這個主意！【續唱花下句】不留寸草，盡把敵軍摧殘８【白】人來，放火！

眾賊【白】得令！（四處放火介）（隨秦尚朝衣邊同下介）

【雁兒落】（陣陣火光、煙霧及鼓笳聲介）

徐明英（內場）【困谷引子】死生，迷茫恍惚竟如幻。（負重傷步履不穩衣邊復上介）（四顧悲慟介）【白】唉吔！【困谷】恨血肉斑斑盡罹難，那料到賊子多詐奸。天茫茫，無歸處，危城待攻破蒼生慘。受創患，命半絕，怎教孤掌挽狂瀾。昔年烏江圍項羽，敗陣自刎嘆無顏。今後我獨活也無顏，壯士愧還慚，拚一死殉難。（取劍欲自刎介）（內場戰鼓喎呵介）【鑼鼓白】唉吔！且住！如今兵敗城危，永康百姓定然難逃劫數，何況絳雪生死未卜，我如何就此一死了之呢？（沉思、毅然介）【白】也罷！【詩白】不殺人時便為人殺，【一才】應知留身獨活，最為難。【白】我且卸下戰衣，隱姓埋名，徐圖後計。就是這個主意！（卸下戰衣，拾起金槍什邊黯然下介）

【暗燈】【第二場完】

第三場　懷人

人物：

吳絳雪、徐明英

布景：

台右：閨房景。几上有琴，一片孤寂。

台左：荒林景。草木雜生，一片荒涼。

台中：孤月高懸，倍添清冷。

【牌子頭】【右燈照向衣邊之吳絳雪】

吳絳雪（於台右閨中獨對琴憂思介）【倒板一句】燈殘影靜。【拉腔】【反線夜思郎】夜沉沉，相思誰復證，擁孤枕寒衾初抱病。不敢推窗，怕驚落殘花飄陌徑。頁頁雁書空託詠，雲雨怎記認。【暗相思】官人呀！

（雁叫聲介）

吳絳雪【反線二王板面】夢覺猶憶風淒勁，慘切雁悲聲，天際獨叫鳴。錦瑟荒廢懶歌詠，嘆曲韻未成，難覓那知音聽。【接唱反線二王下句】一自燕相分，巢空冷，倩誰箇結草，代經營8【拉腔】【接唱序】孤衾不眠怕聞漏聲。河山似錦，何忍戰雲凝。征夫保家邦，貞女寄空閨，只盼盜寇得掃清。奏凱歌，同剪燭花訴離情，恩愛復溫馨，郎共妾心相證。【接唱曲】今夕愁聽，更聲，未卜前程，憐夜永，【拉腔】怕道他為國捐軀，願只願榮歸，故境。【拉長腔收】【反線合尺花下句】花下勸戎猶不悔，唯嘆當前爭戰未稍停8整夕忐忑傍徨，神魂不

定。春衣懶剪，愁對皓月晶瑩8

【右燈轉暗】【左燈亮起，照向什邊之徐明英】

徐明英（於台左山野間徘徊介）【打引】末路英雄誰識認，剩我山林飄泊，

嘆孤零。

（雁叫聲介）

徐明英【孤雁哀鳴】長空淒淒聽雁叫聲，似哀我，窮途落拓，孤身度寒

嶺。傷患匿藏荒徑，呼天也不應。唯憾士卒中伏前營。尤恨賊魁辣

手無情，全軍今盡罄。主將陣亡，剩此哀兵。嘆我危城，怎得挽救危

城，莫保蒼生性命。我心自暗驚，驚怕弱質凜烈脾性，雖死也力拚，

為存大節捨身救拯。

【右燈復亮】（吳絳雪已於台右憂思介）

【起乙反戀檀板面】

吳絳雪【乙反戀檀】唉，午夜冷階靜，傷哉音訊不聞令我擔驚。深盼望，

把賊掃清，凱歌早奏佢獲勝回程。

徐明英【接唱】往事怕追認，枉誇驍勇胸藏萬甲兵，苦戰後，剩隻影，那保家國護蔭瑤瓊。

吳絳雪【接唱】此刻月照影，

徐明英【接唱】此間月照形。

徐明英、**吳絳雪**【同接唱】但得人健永，萬里清輝共傳情。（同望月，殷切期盼介）

【兩射燈同時漸暗至全暗】

【幕下】【第三場完】

第四場　迫和

人物：
（場景一）秦尚潮、賊目、眾賊
（場景二）趙無端、李可待、差役
（場景三）慶雲、吳絳雪、吳素文、趙無端、李可待、眾婢僕

布景：
（場景一）賊營景。
（場景二）縣府內堂景。
（場景三）庭院景（桃谿莊一角），與第一幕略同；惟庭中杏樹，卻將殘欲謝。

【牌子頭一句作上句】

秦尚潮（意氣風發介）【英雄白】掠地攻城如拾芥，軍行，（介）無處不頭低𝄌【重一才】【白】日前三十里坑一役，李榮大軍全軍覆沒。如今永康城已是我囊中之物；惟是至今我只圍城不攻，無非嘛……【花下句】為奪取名花為我有，因為佢雙全才貌，譽滿桃谿𝄌一封招降書，【一才】換得玉人回，方不負我英雄蓋世。（轉向賊目介）【白】有此人來，文房侍候！

賊目（端上文房介）

秦尚潮（寫書介）【白】速把招降書快馬送入城中，說道照書行事。如若不然，屠城三日！玉石俱焚！【一才】

賊目（應介）【白】得令！（接過書信什邊下介）

秦尚朝（躊躇滿志介）【白】好呀！【接唱花下句】誰知我未登天子位，但求先擁天下美人歸𝄌（大笑介）

【暗燈】

【起中幕】【燈復亮】（縣衙內堂景）

趙無端（在堂上左右徘徊，愁眉苦臉介）【中板】寇患逼人嗟無計。孤城苦困境堪危8那保黎民，離劫厲。（緩步埋座介）一念到生靈塗炭，就倍悲淒8【拉腔收】【白】下官，（介）趙無端，（介）乃本縣縣丞。初時聽到調任永康，滿懷喜悅，因為此地物阜民豐，無風無浪，好官我自為之。誰料反賊秦尚潮起兵閩中，直趨浙東，一舉而拿下溫州，矛頭更直指永康而來。朝廷派了總兵李榮抗賊，惟是近日道路傳聞，月前三十里坑一役，李榮大軍經已全軍覆沒！【一才】倒不知孰真孰假，真是令人愁悶呀！【滾花】如今禍在燃眉，急如鍋上蟻。（徬徨介）

李可待（於趙無端徘徊間什邊上介）【白】小生李可待，一介寒儒，功名未遂。幸蒙趙大人賞識，忝為永康縣主簿，雖兩袖清風，尚幸用武有地。惟是近日軍情緊急，趙大人坐立不安。且待我進衙了解則箇。（入衙介）（見趙無端急急趨前參見介）【白】參見大人！

趙無端（勉強回應介）【白】李主簿，免禮！請坐！

李可待【白】謝坐！（懇切介）大人，聞得秦尚潮來勢洶洶，永康旦夕堪虞，不知大人有何對策？

趙無端（無奈介）【白】無呀！

李可待（驚訝介）【白】吓？咁……

趙無端（嘆氣介）【白】唉！【長花下句】小縣嘆孤危，兵微難捍衛，蜻蜓撼柱招亡斃，螳臂當車枉作為，乞免獻降為上計，且將黃金，換取太平歸8所謂送賊賠錢，古今一例。

李可待（不以為然介）【白】大人此言差矣！【接唱長花下句】賊性最難馴，乞降非上計，珠寶徒添豺虎勢，財帛空教鼠狼噬，揖盜開門自把長城毀，何若齊心拒犯，莫頭低8眾志成城，無懼畏。【白】我哋一於拒犯！

趙無端（猶豫介）【白】拒犯？

李可待（堅決介）【白】係！拒犯！

趙無端（驚疑介）【白】咁，打輸咗，會死人嘅噃！

李可待（一再堅持介）【白】大人，死不可怕！我哋⋯⋯我哋寧死——不屈！

趙無端（苦笑介）【白】我都想呀！

差役（於二人爭論期間，持書信什邊沖頭上介）（趨前參見介）【白】參見趙大人！

趙無端（回應介）【白】何事？

差役【白】稟告趙大人，適才城外秦營飛馬送來一紙書函，説是什麼招降書！

趙無端（驚愕介）【白】招降書？呈來一看！

差役（急急遞上書信介）

趙無端（接信看介）【白】永康縣縣丞趙無端聽令！【一才】【白】要本官聽令？秦賊你你你，你簡直欺人太甚！（續看信介）【白】月前三十里坑一役，李榮已全軍覆沒！【一才】如今永康已被我軍重重包圍。限期五日，開城投降，並獻上桃谿才女吳絳雪，【一才】否則嘛⋯⋯

李可待（趨前追問介）【白】否則，否則怎樣呀，大人？

趙無端（沉痛介）【白】否則便屠城三日，玉石俱焚！

李可待（驚慄介）屠城三日？玉石俱焚？

趙無端【沉花下句】唉吔吔，兵臨城下，岌岌可危8

李可待【霸腔花】恨煞秦賊廉恥全無，直箇狼心狗肺。

趙無端（無奈介）【白】唉，李主簿！【爽中板下句】想那秦賊將，是色迷8一紙明言求佳麗。圍城為奪燕鶯歸8若不獻嬌嬈，定會遭血洗。無奈求彩鳳，才可解城危8水盡山窮，惟剩此美人拙計。【拉腔收】

李可待（沉痛介）【白】大人呀！【花下句】昔日勸戎佢深曉家國義，何忍今時迫和令佢節名虧8孀居猶是盼征人，薄命桃花，竟再逢劫厲。

趙無端（勸解介）【白】李主簿！犧牲區區一個女子，就可以解救全城百姓。何況，這亦不過是應變從權之計，本縣都係迫於無奈。【花下句】忍將紅粉投虎阱，只為息干戈，拯群黎8【白】事不宜遲，我哋且立刻登程，趕往桃谿莊啦！（與李可待匆匆什邊同下介）

【暗燈】

【燈復亮】（庭園景）

慶雲（衣邊上介）【長句滾花】心苦翳，心苦翳，一自相公投軍離府第，夫人朝夕盼閨幃，茶飯不思琴瑟廢，無心詩酒佢獨悲啼，數月來雁渺魚沉，一時間未知如何，安慰。【白】近日道路傳聞，軍情轉急，寧不，寧不令人掛慮。【轉詩白】且待我門前勤打聽，望早傳喜訊報蘭閨。（什邊下介）

吳絳雪、**吳素文**（衣邊同上介）

吳絳雪（憂傷介）【花下句】怕看陌頭新柳色，當日勸戎未悔不如歸〻惟是烽火漫天，忍看愁雲密蔽。

吳素文（勸慰介）【白】姐姐！【花下句】日暮時聞孤鳳怨，靜夜忍聆杜宇啼〻寂寞樓台，渾不聽珮環搖曳。

吳絳雪【白】唉！妹妹！【春風得意】頻催戰鼓意漸迷，恨山河歷變，那堪寇盜暗相窺。尚記桃谿相分袂，行人柳色怕折話長堤。

吳素文【接唱】啼蟬嘆，孤鶯淚，聲聲怨慕倍慘悽。待盼烽煙散，再睹月吐輝，莫教愁心長自閉。

吳絳雪【接唱】且看紅杏樹，已無復往昔麗，倩誰詠酌詩酒廢。還憐戰局危，庶民何忍任屠斃，憂家思國望雲霓，漫漫長夜盼雞啼。

吳素文【白】姐姐心情，素文難道不曾體會？正是：【轉詩白】相憐同一病，共步且相攜。

慶雲（匆匆什邊復上介）【白】稟告夫人，趙大人有事求見！

吳絳雪（疑惑介）【白】有事求見？趙大人親臨造訪，看來事關重大，快快有請！

慶雲（匆匆什邊下介，隨即領趙無端、李可待什邊復上介）【白】趙大人，請！

趙無端【白】唉！【花下句】正是無事不登三寶殿，

李可待【接唱】有難方求拜佛西8

趙無端【接唱】尚乞慈航普渡救蒼生，

李可待【接唱】欲語還休，真箇……（躊躇介）唉，真箇難將齒啟。

趙無端、李可待（隨慶雲同入園介）（趨前與絳雪、素文相揖見面介）【白】
夫人有禮！

吳絳雪、吳素文（同回禮介）【白】有禮！

吳絳雪【白】趙大人匆匆過訪，未知有何賜教？

趙無端（困苦介）【白】唉，夫人呀！【花下句】寇盜披猖難抵禦，前方兵
敗嘆城危8反賊適才送上招降書，【一才】

吳絳雪、吳素文（同驚愕介）【白】招降書？

趙無端【續唱】明言要獻上桃谿美人，方免全城血洗。（向雪遞上書信介）
【白】請夫人細看！

吳絳雪（取信看介）（激憤擲信介）【白】我呸！【快點下句】何堪狗賊妄
施為8節婦貞名難破毀。緣何乞救在閨幃8【一才】【轉花】敢問大
人，你可知羞慚恥愧。

趙無端【花下句】莫道男兒不知愧，只緣烽火漫天迷8你蘭閨莫盼故人
還，【一才】

吳絳雪（極度驚訝介）【白】吓！

趙無端【續唱花】堪嘆沙場劫後，添新鬼。【白】三十里坑一役，李榮全軍覆沒，徐參將，他……

吳絳雪（急問介）【白】他怎樣呀？

趙無端（沉痛介）【白】他亦已於陣前殉難。

吳絳雪（悲痛介）【白】陣前殉難？此事當真？

趙無端（悲慟介）【白】當真！

吳絳雪（激動介）【白】果然？

趙無端（悲慟介）【白】果然！

吳絳雪（的的撐震驚痛心介）【沉花下句】唉吔吔，桃谿驚雪漫，俠骨痛長埋8【滾花】昔日勸夫從戎，唉，竟教英魂，早逝。【拉士腔收】

（半昏死介）

吳素文、**慶雲**（急趨前參扶介）【白】姐姐／夫人！

吳絳雪（徐徐甦醒介）

李可待（趨前揖叩介）【口古】徐夫人，人死不能復生，何況徐參將為家國捐軀，定然會留芳百世。

趙無端（介）惟是如今，永康已兵臨城下，若夫人不肯從賊，【一才】一城百姓嘛，便性命堪危８

吳素文（激憤介）【白】呸！【口古】可知守土安民，原是官家男兒本位。（介）如今汝等怕死貪生，竟迫令淑婦毀名敗節，【一才】真箇無恥更無稽８（介）

趙無端（悲憤介）【口古】你點鬧我都好啦！事到如今，本縣已不顧個人榮辱，但求有良謀善策，能把眾生渡濟。（介）男兒膝下有黃金，我，我願在夫人跟前跪請，唯望你成人捨己，【一才】以解一縣之危８（的的撐重一才介）（跪請介）

李可待（趨前介）【白】望夫人成人捨己，以解一縣之危！（同跪請介）

吳絳雪（沉痛介）【白】成人捨己，以解一縣之危嘛……。（趨前扶起二人介）（後退思索介）【花下句】憔悴桃花孤棲燕，飄飄何處辨東西８

亂離詩賦斷腸詞，嘆剩卷殘箋，只合和淚睇。悔教夫婿征場赴，沉沙折戟陷塵泥8欲效孟姜殉杞梁，何忍萬戶千家遭雪洗。迫嫁待解屠城劫，【一才】惟是存貞恥作搧墳妻8唉，我去亦難，【一才】不去亦難，【一才】（思索遲疑介）

吳素文（悲痛介）【攝白】姐姐，三思才好呀！

趙無端、**李可待**（分左右趨前向雪跪請介）【白】請夫人為永康百姓設想！

吳絳雪【續唱滾花】左右徬徨，苦思無計。【拉嘆板腔收】

趙無端【先鋒鈸執雪介白】難道你就忍心，全城百姓為你一人，慘被誅殺嗎？（三批介）

吳絳雪（大水波浪鑼鼓悲泣思考介）【白】唉，趙大人！（決心介）【花下句】為挽危亡我甘從賊【一才】

趙無端（驚喜介）【白】真嘅？咁就真係要多謝夫人你嘅大恩大德啦！

吳絳雪（阻止介）【白】慢！【續唱】惟是要佢依從我嘅條件，才可娶得美人歸8

趙無端（難為介）【白】敢問夫人，你有何條件呀？

吳絳雪【接唱】我先要佢大軍移師到金華，【一才】更要佢親臨三十里坑，方行奠雁禮。【白】煩你告知秦賊，佢若不答允，絳雪，絳雪便寧死不從。

趙無端【白】如此說，本縣立即回衙修書就是！【花下句】巾幗英雄恩千丈，縱是昂藏七尺也頭低〇

李可待（激動介）【接唱】留芳萬古一蛾眉，貞烈無雙誰可繼。

趙無端、**李可待**（同趨前揖謝介）【白】多謝夫人高義！告辭了！（什邊同下介）

吳素文（趨前向絳雪撫慰介）【白】姐姐！【花下句】忍見你命薄還教名節敗，

吳絳雪【接唱】但願飄零血淚，化作護花泥〇（與素相擁悲泣介）

【暗燈】【第四場完】

第五場　送別

人物：

秦尚潮、二賊目、吳絳雪、吳素文、徐明英

布景：

城郊景，景色淒然。

【牌子頭一句作上句】【燈復亮】

秦尚朝（率二賊目策馬衣邊同上介）【大花下句】赤眉豈及我聲威壯，黃巢遇我也要奪路逃8今日移師只為佳人，莫道我未解憐香人粗魯。

賊目甲（趨前陪笑介）【口古】大王，你一向唯我獨尊，從來只有人就你，何曾見過你就人得咁好。（介）

賊目乙【口古】係囉！大王今次一不屠城，二肯移師金華，三嘛……（介）

秦尚朝【白】三甚麼？

賊目乙【續口古】更折返月前戰地，究有何圖8

秦尚朝（大笑介）【白】哈哈哈！【花下句】為博紅顏一笑，英雄願作脂粉奴8禮行奠雁在沙場，更顯我赫赫戰功如猛虎。三十里坑忙趕往，為與名花賦夭桃8（轉向二賊目介）【白】有此眾左右，隨孤來！

二賊目【白】得令！（隨秦尚朝什邊同下介）

（落花驟降介）

吳絳雪（內場）【別鶴怨引子】落花滿道，血淚迷糊。（緩緩衣邊上介）【浣溪紗】淒然孤身上路，踏此窮途。為挽危城，美玉痛沾污。曲盡未忍顧，何敢地府相見，那節義勇夫。【乙反長二王下句】黯然無語話兵刀，休問情天天亦老，昔日南園杏暖，今已慘淡荒蕪，詩酒憑誰相詠賦，英雄魂未寢，桃谿雪難污，歷劫紅顏悲天妒，奈何征戰，徒使遍野，嚎啕8忍看鐵馬縱橫，千疊寒山阻隔了悠悠，歸路。【詩白】正是難填滄海空銜石，精衛由來枉虛勞。【戀檀二流】倩誰箇，倩誰箇，代向穹蒼悲泣訴，我罵句天公太糊塗8孰令永康萬劫苦，忍教眾生陷泥塗，問烽煙何日掃，難以掃，人到絕窮，（吊慢）呼喊昊天如狀告。【叫相思】罷了蒼天呀！【白】想我吳絳雪，本是玉潔冰清，只為解百姓倒懸，不惜假意委身從賊。秦賊為討我歡心，如今已移師金華，遠離永康，更願設花燭於三十里坑。那時候，且待我以懷中利刃，（從袖中取出匕首介）與狗賊同歸於盡。【一才】（感慨介）唉！【詩白】天若見憐孀婦恨，尚望誅奸保節，再殉夫。【一才】（把匕首收回袖內）（緩緩續前行介）

吳素文（內場）【白】姐姐慢走！姐姐慢走！（匆匆衣邊上介）

吳綷雪（急趨前相見介）【白】妹妹！

吳素文（急趨前相見介）【白】姐姐！

吳綷雪【乙反花下句】臨歧已是無多路，你何苦依依挽袖暗牽袍𝄌所謂千里送君，一別終須難反顧。【白】妹妹，此處已是城郊十里，你又何必再前來相送呢！

（二人【哭相思】介）

吳素文（憂傷介）【白】姐姐！【乙反長花下句】春盡賦驪歌，秋殘悲戰鼓，瑤台苦鳳誰惜顧，慘淡脂痕帶淚塗，欲向離人尋歸路，怕你崎嶇難耐，病征途𝄌柳條盡折怕唱陽關，馬上琵琶，忍教催妝早。【白】姐姐，想我倆姊妹情深，甘苦與共；此際離亂相分，更未知執手何時，寧不悲苦呢。況且……（躊躇介）況且素文有一心願，萬望姐姐成全。

吳綷雪【白】妹妹，有話不妨直説！

吳素文（淒然介）【白】姐姐呀！【相思詞引】懇切血淚詞，待向姐泣訴。【乙反中板下句】戰雲烽火沐寒梨，劫後倉皇蒙護庇，小樓一枝暖，得以脫窮途。沙場慘烈喪征夫，姊妹同悲互參扶，骨肉連心，情永固。且待接木移花，桃僵李代，為酬恩與義，何惜節名污。【轉乙反花】縱屬蒲柳之姿，也可替代幽蘭，芳草。【白】想秦尚潮只是風聞桃谿才女之名，並未見過姐姐真容，不如就由我代你獻媚賊人，以解滿城厄困罷啦！

吳絳雪（正色介）【白】唔得！【寄生草】那堪故鳳愁牽翎雁老，哀哀春蠶自縛絲嘆徒勞。

吳素文【接唱】惆悵惆悵玉蒙污，冰清未忍失節事寇奴。且教啼鵑代作春鶯報，此後紅樓唯夢到，苦痛輕泣告。

吳絳雪【接唱】永康劫禍無端連淑婦，一方孤危待解責難逃。【花下句】你已外嫁他鄉無戶籍，焉可池魚殃及，累無辜。傷心花貌惹千愁，自應身承一肩負。【白】你，你唔可以代我去送死㗎！

吳素文（疑惑介）【白】送死？姐姐，此話怎解呀？

吳絳雪（悲痛介）【白】唉，素文！我要秦尚潮退兵金華，又要佢親臨三十里坑，就係為咗調虎離山，伺機將佢刺殺。今次無論成功失敗，我都拚以身殉。【重一才】此地不宜久留，你，你還是速速離去也吧！

吳素文（無奈點頭回應介）【白】素文明白。惟是……【花下句】惟是一去紫台再無覓處，

吳絳雪【接唱】且留素月照青廬∞

吳素文【接唱】隱隱蕭蕭別馬鳴，

吳絳雪【接唱】莫不是，莫不是鬼門關外，清笳報。【白】就此拜別，後會無期。妹妹珍重呀！（掩面欲行介）

吳素文【白】唉，姐姐，既知後會無期，且待我多送你一程吧！（黯然與吳絳雪什邊同下介）

徐明英（內場）【追信頭】嘆兵刀，蒼生劫禍苦。（的的撐沖頭衣邊上介）

【追信】再休思念前塵霜侵雪酷，愁看金槍血跡污，慚對鎧甲淚影糊。為生民，何惜棄家不顧，願把那妖氛掃。唉，頻送鼓笳，血湧滔滔。驚殺戮，枯骨滿途，剩我寒林荒嶺獨煎熬。【白】一自棄陣歸潛，奈何身受箭傷，至今尚未完全康復。（介）惟是近日道路傳聞，絳雪竟然委身從賊，頓教我有如情天霹靂。（介）正是：【詩白】苦我陣前疑杏嫁，憑誰劫後，惜桃孤。（躊躇徘徊介）

吳素文（滿恨憂思，什邊緩緩復上介）【地錦】（與徐撞上介）

徐明英、**吳素文**（突相逢，同驚訝介）【白】素文／姐丈！

吳素文【白】姐丈，原來，原來你尚在人間？

徐明英（半憂半慚介）【白】係，我：：我尚在人間！

吳素文（狐疑介）【白】姐丈！聞說你已於三十里坑殉難，何解一襲青衫，竟在城郊出現？

徐明英（悲傷介）【白】唉，素文呀！【花下句】當日血戰沙場悲中伏，功未成時萬骨枯8殘生只為眾生留，何況深閨尚有情深婦。（焦急介）

【白】係啦！如今，如今絳雪何在呀？

吳素文（悲苦介）【白】可嘆你一步歸遲，姐姐她……

徐明英（情急介）【白】一步歸遲？素文，此話怎解呀？

吳素文（遲疑介）【白】嗯……

徐明英（催迫介）【白】你快講吧！

吳素文【白】姐丈！請聽呀！【乙反木魚】當日兵敗城危無庇護。一紙招降書信化斷魂刀⑻若非桃谿彩鳳願隨鴉舞。定然俱焚玉石把城屠⑻姐姐為拯蒼生甘願狼巢赴。臨歧惜別淚滔滔⑻佢欲以身殉謀刺虎。

【一才】

徐明英（震驚介）【白】吓！

吳素文【接唱木魚】怕只怕弱水難以抗洪濤⑻

徐明英（驚愕介）【白】此事當真？

吳素文（悲慟介）【白】當真！

徐明英（激動介）【白】果然？

吳素文（悲慟介）【白】果然！

徐明英（盛怒介）【白】唉吔！【快花下句】驚心語語未含糊〤縱碎骨粉身，也要把名花護。（焦急介）【白】絳雪如今究往何方呀？

吳素文【白】她，她正前往三十里坑！【一才】

徐明英【白】如此說，且待我兼程趕往，拜別了！（匆匆什邊下介）

吳素文（茫然介）【花下句】尚望情天庇佑，呢對危城鶼鰈，早日得脫那恨海，愁湖〤

【暗燈】【第五場完】

第六場　墜崖

人物：
吳絳雪、秦尚潮、徐明英、賊目、眾賊

布景：
三十里坑景。時已黃昏，遠景為山野密林。崖角立一碑石，上書「三十里坑」。（與第二場後半場景相同）

【牌子頭一句作上句】【燈復亮】

吳絳雪（內場）【別鶴怨引子】淚飄魄蕩，寸斷迴腸。（衣邊躊躇上介）【花下句】旌旗掩映風清冷，歧路崎嶇馬玄黃８悲腸輾轉繫愁心，鼙鼓頻催，依依回首望。【拉腔收】（步向崖邊，見三十里坑碑石，黯然介）【白】三十里坑！三十里坑！此處，此處正是官人亡身之所！【絲絲淚】哀碧蒼，嘆無常。淚眼驚心望，長懷望，空仰望。飄渺羈魂蕩，亂松崗，失依傍。慘切鴉絕唱，語語悼情亡，哀哀荒嶺上。【長句二王下句】勸戎意欲濟民安，爭戰何堪魂斷喪，征袍無覓處，折劍嘆深藏，夫呀你輕擲頭顱，妻亦願同歸泉壤，待等除奸殺賊，奈何橋上，會夫郎８殉愛存貞，【一才】【轉合尺花】唉，殉愛存貞，就在此蒼崖，萬丈。【拉腔收】【暗相思】官人呀！（跪泣介）

秦尚朝（率眾賊於絳雪哭祭期間什邊上介）（見絳雪跪泣即衝前欲從後緊抱介）【白】這位娘子，小心呀！

吳絳雪（乍見秦尚朝，急急驚惶掙脫介）【白】你……你究是何人呀？

賊目【白】徐家娘子，你不用驚慌，呢位就係我哋嘅大王啦！

秦尚朝（定睛呆看絳雪介）【白】哦，原來呢位美人，就係桃谿才女吳絳雪！孤王就係你嘅未婚夫婿秦尚潮啦！

吳絳雪（驚愕走避介）【白】你，你就係秦尚潮？

秦尚朝（得戚介）【白】之唔係孤王！（目不轉睛欣賞絳雪容貌，大喜介）絳雪你，你真係人如其名，生得雪膚花貌、玉骨冰肌，好個如假包換嘅大美人！【梳妝台】美態世上罕，我一見若發狂。好比西施浣紗，岸邊遇范郎，自古名將偏多佳人傍。好嬌花，正堪採，我哋立刻走去洞房。（急欲衝前擁抱絳雪介）

吳絳雪（急忙迴避介）【白】大王，你又何必如此心急呢！【花下句】花燭未諧先進酒，願借三杯敬大王♁

秦尚朝【白】係嘅，係嘅！【接唱】恕孤王戎馬半生，未及美人你深思細想。（轉向眾賊介）人來，斟酒！

（賊目斟三杯酒介）

吳絳雪（先取一杯介）【口古】大王，絳雪雖然願侍奉大王，畢竟也曾是徐家娘子；當日先夫在此陣亡，奴家願借此一杯，在此祭告亡魂，求他恕過，絳雪琵琶別向。（介）

秦尚朝（半信半疑介）【白】咁呀？應該嘅！應該嘅！

吳絳雪【白】謝大王！（另場黯然奠酒介）（轉舒笑臉，再取第二杯遞向秦尚朝介）【白】大王，這第二杯，係賀你嘅！

秦尚朝【白】賀我甚麼？

吳絳雪（正色介）【口古】賀你戰無一勝，【一才】更祝你早日身亡8【重一才】

秦尚朝（怒喝介）【白】乜話？戰無一勝？早日身亡？

吳絳雪（立轉媚笑介）【白】大王，你聽錯啦！我係話，【口古】賀你戰無不勝，更祝你早日稱王8

秦尚朝（大喜介）【白】哦，原來如此！講得好！講得好！（接杯一飲而盡介）

吳絳雪（再取酒介）【白】大王，這第三杯嘛！

秦尚朝（忘形介）【白】美人，這一杯又如何呀？

吳絳雪（正色介）【白】這一杯嘛！【的的撐重一才】就要取你狗命！（擲杯，從袖中取出匕首，刺向秦尚朝介）

秦尚朝（急忙閃避，奪取匕首介）（絳雪措手不及，跌坐介）

秦尚朝【白】吥！【花下句】設筵戰地非為我炫功業，禍心原來你已早包藏8堪笑撼柱蜻蜓，不知自量。（轉向眾賊介）【白】人來，押她下去！

眾賊【白】領命！（衝前介）

吳絳雪（慌忙站起，往什邊逃走介）

（眾賊追前欲捉拿吳絳雪介）

徐明英（什邊沖頭上介）（力抗眾賊，奪槍掩護吳絳雪退至什邊介）【白】娘子，快走！

（吳絳雪倉皇什邊急走下介）

秦尚朝（見吳明英不屑介）【口古】估道是誰，原來係我嘅手下敗將。（介）想不到你今日重投虎阱，自招滅亡8（介）

徐明英（不屑介）【口古】呸！當日若非你縱火山林，早已在我槍下命喪。

（介）此際公仇私恨，且待了結當場〻（介）（與秦尚朝及眾賊打介）

（眾賊終不敵倉皇衣邊落荒而逃介）

秦尚朝（不甘介）【白】呸！【快點下句】我神威勇武勝霸王〻【一才】揮

動金刀，全力抗。

徐明英（凜然介）【接唱】雄風何在你枉稱強〻末路窮途，難輕放。

（二人繼續對打，終各身中對方一刀、一槍同慘叫倒地介）【白】唉吔！

秦尚朝（略作掙扎，退入什邊，死介）

吳絳雪（衣邊復上介）（見明英身受重傷急趨前扶持，驚惶介）【白】官人，

官人！

徐明英（忍痛安慰介）【口古】娘子，秦賊已死在我槍下，我總算為總兵

報仇，亦可確保黎民無恙。（介）

吳絳雪【口古】官人，原來你尚在人間。何以道路傳聞，三十里坑一役，

李榮全軍覆沒，上下俱亡〻（介）

徐明英（沉痛介）【白】娘子呀！【風蕭蕭】賊子計凶悍，三軍盡魂喪。我受傷嘆不死，偷生更斷腸。【口古】為夫如今身受重傷，恐怕，恐怕亦難留世上。（介）你，你還是回桃谿暫避，速返永康8（介）

吳絳雪【白】官人，此言差矣！【口古】知否絲蘿非獨生，尚盼有松喬倚傍。（介）當日誤傳你嘅死訊，我本欲自縊懸樑8（介）只為挽救危城，才苟存於世上。（介）如今恩仇俱了，【一才】官人你若然殉國，

【一才】

徐明英（驚疑介）【白】那又如何呀，娘子？

吳絳雪（傷心介）【口古】為妻，為妻又何惜殉愛，【一才】同在此崖崗8（介）

徐明英【白】娘子心意，為夫明白！【花下句】今日同林鳥墜蒼崖暗，

吳絳雪【接唱】且教桃谿雪落，漫山寒8【拉腔收】

內場【悲秋】悲江山，嘆板蕩，驚心征戰萬民歷劫殃，血腥戮殺不堪想，月照枯骨遍地寒。可憐絕嶺鴛鴦喪，柔腸俠骨節義揚。貞魂烈魄千秋

仰，剩此哀歌寄恨長。

（二人於歌聲中，相互扶持，跪在地上，一拜天、二拜地，三互拜，然後踉蹌步向崖邊，至崖上，背向舞台，相偎靜立介）（兩旁煙霧徐徐飄起）

【射燈聚焦二人身影，至歌聲完結時，始徐徐黯滅】

【幕下】【第六場完】

【全劇完】

五、專文評介

胡國賢《桃谿雪》的幾個亮點

朱少璋

與亡百代事難稽，付與梨園任品題。
除卻幽懷無可寄，素襟如雪寫桃谿。

■是「別傳」不是「改編」

個人不傾向強調胡國賢的《桃谿雪》是一齣「改編劇」：這齣新作既以一代才女吳絳雪為主角，倒不如在「桃谿雪」三字下另加五字副題——「吳絳雪別傳」。

「別傳」是以遺聞逸事補充本傳而成的作品，有虛有實。事實上，編演歷史人物的故事，全據史實則太枯燥，酌加野史材料或合理的虛構情節，卻往往能為觀眾帶來更大的趣味。正如唐滌生的《帝女花》，都說「改編」自黃韻珊的同名傳奇，但唐氏在劇中加入的新元素既豐富又獨特，若說唐編是「長平公主別傳」，一樣貼切，而且更為恰當。「胡桃谿」無論在主題設置、劇情安排或角色調度上，都與黃本《桃谿雪》不同；性質上其實是另一齣以吳絳雪為主角的新劇。胡國賢在清代「黃桃谿」〈閨聚〉、〈寇逼〉、〈紳鬨〉、〈迫和〉及〈墜崖〉等幾折的框架上，為觀眾講述另一個有關吳絳雪的動人故事。在胡氏筆下，吳絳雪的丈夫徐明英文武雙全，夫妻最後雙雙跳崖，殉身成仁。在胡氏筆下，吳絳雪的妹妹素文深明大義，勇敢熱血，既勸姊夫為國效力於前，復願代姊委身事賊於後，節義可嘉。在胡氏筆下，吳絳雪為解一縣之圍，佯稱委身事賊，實則計劃在殺奸後自殺。吳氏自殺既是歷史事實，卻又同時與傳統戲曲中王昭君投水的情節暗合（見《漢宮秋》）；由胡氏新加上的殺奸情節，則與費貞娥刺虎相近（見

《鐵冠圖》）。如此一來，吳絳雪不止是「才女」，更是「烈女」。

■矛盾衝突刺激思考

胡國賢擅長製造「矛盾」並讓劇中人作出艱難的抉擇，藉此為戲劇營造張力，也同時帶引觀眾參與相關的思考。他在〈勸戎〉一幕為徐明英安排了「兼善天下」與「獨善其身」的兩難抉擇：「漫天烽火浩劫中。雄心休向花月弄。」在〈爭戰〉一幕中又安排陣前戰士對「是停是戰」作深刻討論：「莫教戰火昧天良，管他賊賊兵兵，亦有父母妻兒心牽挽。」在〈懷人〉一幕則強調有情人「欲見難見」的無奈與痛苦：「頁頁雁書空託詠，雲雨怎記認。」在〈迫和〉一幕吳絳雪要在「從與不從」間作出選擇：「迫嫁待解屠城劫，惟是存貞恥作搧墳妻。唉，我去亦難，不去亦難。」去，就是「從」，就是失節；不去，就是「不從」，就是失義。在〈送別〉一幕又盡是「小我大我」的對比：「永康劫禍無端連淑婦，一方孤危待解責難逃。」在〈墜崖〉一幕則安排身負重傷的徐明英囑咐妻子折返永康回故居暫避，吳絳雪卻在「殉」與「不殉」之間，作出人生中最後的一個決定：「為妻又何惜殉愛，同在此崖崗。」

■化「雙洞房」為「共嬋娟」

名劇《夢斷香銷四十年》〈怨笛雙吹〉的「雙洞房」業已成為經典名段；潘邦榛在〈〈怨笛雙吹〉別出心裁〉中說：「陳冠卿刻意運用戲曲的寫意手法，讓時空於同一舞台交錯。台一側是陸府，另一側為趙家，兩側同時入戲，兩對夫妻分別在喜堂洞房中，充分表現出他們變化着的內心世界。」足見這種安排的藝術效果。

要處理「同一時間，不同空間」，電影可以利用鏡頭組接，但戲曲就不易處理。〈懷人〉一幕說徐明英與吳絳雪分隔兩處：夫負傷隱匿於山野間，妻在故居對琴悶坐。這對有情人天各一方，如何做對手戲呢？胡氏巧妙地借用了「雙洞房」的意念，在舞台上利用燈光的強弱明暗，區間台左（山野）與台右（故居），生旦就在這「平行時空」內演對手戲。最妙的是台中高懸一輪明月，正好表現出「但願人長久，千里共嬋娟」的醰醰詩意。若把處理「平行時空」的舞台區間安排都喚作「雙洞房」也許容易引起誤會——起碼相關的劇情不一定與「洞房」有關；自胡國賢《桃谿雪》搬演後，不妨考慮直接把這種舞台區間手法改喚作「共嬋娟」。

■結局不落「團圓」窠臼

朱光潛在《悲劇心理學》談及中國傳統戲曲的某些特色：「隨便翻開一個劇本，不管主要人物處於多麼悲慘的境地，你盡可以放心，結尾一定是皆大歡喜。」事實上，廣東戲曲也多為「大團圓」結局：有情人總得有個好收場，即使在人世間歷盡磨難而歿，死後也要羽化登仙，觀眾才感釋懷。「黃桃谿」本來也有〈仙証〉一折：徐明英前身是蓬萊山杏花仙吏，吳絳雪前身是翠水散仙，二人在最後一場改換「仙裝」，老旦飾演的「西池王母」說徐吳二人受貶下凡。胡國賢卻沒有讓徐氏夫婦在殉情殉國後升仙，他給兩位主角安排的最後一個介口是：「二人於歌聲中，相互扶持，跪在地上，一拜天、二拜地、三互拜，然後踉蹌步向崖邊，至崖上，背向舞台，相偎靜立。」這一個介口有如凝定了鏡頭，加上配合「兩旁煙霧徐徐飄起」，效果上「電影感」極強，情節安排上則比「升仙」更為動人。

■改換朝代背景是藝術考慮

據俞樾《吳絳雪年譜》載，吳氏生於順治七年卒於康熙十三年；是清初人。胡國賢把故事的朝代背景由清初改為明末，相信是出於避演清裝戲的考慮——這其實也可以視為戲曲藝術上的考慮。類似考慮亦早有前例，如名劇《楊乃武與小白菜》，搬演的原是清代奇案，但上演時也曾經一度改穿明裝（傳統戲服），以適應戲曲舞台的氣氛、配合演員的發揮，以及滿足觀眾的審美要求。戲曲舞台向來是「假作真時真作假」，觀眾在觀劇時不妨暫時放下嚴格的考證，以戲曲的標準欣賞戲曲，自然能獲得更大的樂趣。

六、其他評介及詩作

評介（節錄）

——傳承及發展粵劇，除了專業粵劇工作者投入舞台表演，亦有賴熱心和熱衷粵劇藝術的人士一同參與。胡國賢校長本身是教育家，但同時醉心編撰粵曲及粵劇文本。他的首部劇作《孔子之周遊列國》曾在港多次演出，備受觀眾及教育界好評。前陣子我觀賞了他的第二部作品《桃谿雪》，敬佩他孜孜不倦的創作精神。……傳統劇本亦添上新意，第三場「懷人」寫絳雪和明英分隔兩地，互相緬懷，舞台上二人對唱，卻是處身不同時空，打破了粵劇舞台的空間限制。（輕羽）

——編劇胡國賢也有「以附唐氏驥尾」的弘遠志向。他雖不是粵劇從業員，但近年積極從事粵劇編劇，涉獵不同題材。從弘揚儒家學說的《孔子之周遊列國》，到反思戰爭意義的《桃谿雪》，再到尚未完稿、以南宋詞人姜夔為主角的《揚州慢》，都是這位「編劇老新人」勇於嘗試的明證。（宮秋盈）

——全劇起承轉合結構完整，曲詞俱美，非常有詩意！典雅的戲文，是既可觀亦可讀的佳作。尤喜第三場〈懷人〉，望月抒懷的唱詞和兩個空間的處理；第六場〈墜崖〉殉國殉情的場面，演繹得很淒美，成功營造悲劇效果！（陳健彬）

——重看胡師的六場簡介及唱詞賞析，幕幕精彩，六場片段重溫而歷歷，無論唱做念打皆能完美。……我與李師一樣皆留意填詞的選字組句，用典修辭的功夫，除了佩服仍是佩服的。餘音繞樑三日不絕的。（鍾植和）

——桃谿雪是出色的劇藝、曲藝與文學的結合，十分欣賞！……劇本甚具感染力，對英雄美人，捨身救民、冒死抗敵、義高情堅的刻劃，動人肺腑。曲詞精練雋永，盡顯才華，極為佩服！（張國柱）

——昨晚看恩師胡國賢校長所編《桃谿雪》，第一場男女主角由夫妻賦詩閒情，轉而葆輝擔綱演出的女詩人吳絳雪，想激勵丈夫為守護小康之城出戰，以〈柳搖金〉轉換了情緒，文詞采筆，一開始是主題曲的格調。此折當年初中不但拜讀過，更是唱過。如今看全套，自是別有一番滋味。（吳美筠）

——整晚演出引人入勝，看得舒服，詞美，曲又悅耳，劇本又編得好，上半場的戰場武打不悶，下半場情節更精彩感人！（陳惠芳）

——詞采華茂，劇情緊湊。其實以胡兄深厚國學根柢，當今粵劇編撰者，曲詞之優美，無出其右；而此劇之詞藻。較《孔子》一劇為成熟，可喜可賀！唯一值得商榷是結尾，徐明英帶着吳絳雪去跳崖，好像於理不合，尤其是秦尚潮已死。可否考慮徐英明受傷而亡，吳絳雪抱屍痛哭，胡兄可寫一段長曲給花旦演繹後，悲痛欲絕才獨自跳崖，將戲劇張力延到終結，更會感人。（某曲友）

——校長把劇情連上戰事，劇中李總兵先受難，宗愛和丈夫便不能太過着意個人生死，對觀眾來說，得到一個解說，對劇情而言，有個合理的推展，但仍感到多少有些無奈。……對白和曲詞都高雅不俗套，卻也不高調。有些新進編劇真是很賣弄的，曲詞拗口到不得了，減弱了看戲的興致。而這戲裏的小曲動聽，數量比例都很好，也是吸引之處。（某教師）

——劇情淒美，詞曲秀麗，台下掌聲不斷，十分成功。看完意猶未盡，愚見認為尾場如依原著，墜崖後加一場登仙歌舞，娛樂性會強一點。（某曲家）

詩作（選輯）

寒午赴輝鳴藝舍論《桃谿雪》劇本偶觸

胡國賢

凜凜寒風烈，殷殷盈室熱。乾乾惕若危，皓皓桃谿雪。

戲贈《桃谿雪》六台柱

胡國賢

其一

三輝六月樂相攜，一火雙光耀眼迷。啟智葆真逢吉兆，高山難得匯桃谿。

其二

鯉躍龍騰一水靈，林深雪皓數峰青。高山樂聚知音客，共賞桃谿熠燿星。

與輝哥、葆輝主持《桃谿雪》演前座談會有感

胡國賢

桃谿此夜拱雙輝，滿座知音莫道稀。論曲研詞談抱負，梨園學苑路同歸。

聆《桃谿雪》首演日〈柳搖金〉一曲有感

胡國賢

勸戎一闋柳搖金，同樣文詞異樣心。昔日筵前聆勉語，此時台上送清音。
桃谿暮雪蒙君賞，虎度重門愧客尋。大戲晚成何幸也，輝鳴難得和龍吟。

讀羈魂老師作桃谿雪劇本前後感有志者事竟成

陳棟華

傳奇七曲有倚晴，帝女留芳滌生傾。谿雪貞烈國賢慕，百年輝映響名聲。

《桃谿雪》觀後感

李扶保

桃谿雪恥拯黎民，貞堅節義憤捨身。自古烈女千秋頌，奇才編劇有羈魂。
座無虛席全場滿，演技精湛甚逼真。六場好戲終落幕，掌聲如雷響干雲。

賀胡校《桃谿雪》首演

吳偉明

其一

國賢撰曲賽詩仙，聲色雙輝惹愛憐。座上初哥迷激賞，桃谿再演盼明年。

其二

青衿有夢白頭圓，妙筆桃谿雪映蓮。才彥國賢驚世業，舞台滿座兩輝妍。

觀粵劇《桃谿雪》

陳琪丰

亂世桃谿絳雪娘，勸夫報國棄安祥。男兒俠骨貞忠志，尺劍凌風固耿光。
血灑沙場無退意，花開故里任拋荒。誓除民害保家國，卅里坑崖寧斷腸。

謝鄧兄惠贈《桃谿雪》劇照畫冊記樂

胡國賢

雪詠桃谿正六旬，錦圖喜贈自彌珍。斑斕頁頁神情活，光影幀幀色相真。
武打提槍瞪怒目，文場斂衽鎖深顰。悲歌慷慨猶盈耳，難得甸甸滿掌春。

揚州慢

首演：二零二二年九月二十八日及十月一日（二場）
生輝粵劇研究中心（屯門大會堂演奏廳）

一、創作緣起

隔代芸窗夢竟同

——粵劇《揚州慢》的前世今生

陸佑堂前過客匆，殊途終究路相通。運籌藝苑稱巾幗，試筆梨園話塞翁。
花落幸留癡蝶舞，曲成喜得雅弦融。揚州慢劇氍毹現，隔代芸窗夢竟同。

■前世

二零二零年七月，福基兄嘔心瀝血之作《蝴蝶一生花裏——八百年前姜夔情詞探隱》一書出版。該書可說是當今研習白石詞不可或缺的重要典籍之一。贈書時，福基兄還帶笑地向我建議：不妨嘗試根據書中材料和相關考證，把南宋詞聖姜夔可歌可泣的情史，編撰為粵劇，保證賣座。當時不置可否，但再三研讀後，才發現真的大有可能，也大有可為；當然，情節、人物增刪虛實之調整，在所難免。

就這樣，經多次與福基兄電郵往返，九月初我便草擬出劇本分場大綱，並獲福基兄首肯；而隨後個多月，我更近乎廢寢忘餐，日以繼夜地度曲填詞，十月底終完成初稿。福基兄收到後，竟較我還雀躍，並特地為此設飯局慶賀；席間更切切期盼，可以早日呈獻於氍毹。我當時有意無意地潑他冷水，指出檻外人的「案頭劇本」，要變成圈中人的「舞台演出」，需要講求天時地利人和。我的第二個劇本《桃谿雪》有幸搬演，不也經歷過「青衿有夢白頭圓」的滄桑麼？不過，福基兄似乎對此劇蠻有信心，不斷強調，以他的鑽研功夫，加上我的編撰功力，伯樂的出現正指日可待呢！

可惜，半年不到，福基兄竟於翌年（二零二一年）四月急病離世。當時，劇本尚在修訂之中，搬演無期，而首倡之人卻卒然先去，寧無憾然！

送別福基兄後，修訂《揚州慢》劇本一事，在意興闌珊，亦乏人催迫下，加以雜務纏身（尤其六月下旬《桃谿雪》的首演事宜），就此耽擱下來。

誰料八月初，忽然接到一位班主杜太的來電，希望我可以為她的劇團提供一個新編粵劇劇本，於翌年首演。我立刻想到已具雛型的《揚州慢》，便把故事大綱和首四場的初稿傳給她。很快得到她的正面回應，還着我盡快完成修訂，好讓她可以找到適當的台前幕後工作人員，配合演出。（後來才知悉她找來了耿天元老師當導演、阮兆輝先生作顧問，還有龍貫天、鄧美玲、廖國森等名伶，配合郭啟煇、杜詠心、林子青和司徒凱誼等新秀演出，可謂一時之選。）

記得劇本草成之初，福基兄和我雖同樣興奮，我卻以搬演無期為憂，反而福基卻滿抱希望，認為很快便會有賞識之人。也許真的是他在天之靈庇佑，還是真箇天時地利的配合，福基兄辭世後不足四個月，便出現了杜太這個知音，並願意以強大陣容把它搬上舞台。——生死固然有命，際遇孰可斷言？人也好，物也好，但求盡力做好本分，又哪管剎時的禍福得失呢！

■港大中文系的緣分

說起來，福基兄、杜太和我三人，同是港大中文系畢業生，雖然我比他們癡長數年。

當然，福基兄和我相交逾半世紀，更曾一起辦詩刊、搞出版，在文學路上一向並肩同行，感情自然深厚。相對來說，杜太是我們的學妹，也是我近數年因《孔子之周遊列國》一劇，有幸涉足梨園時，認識的芸芸班政家之一，原只屬點頭之交。不過，她對我十分客氣，還主動告知，她同樣畢業於港大中文系，由是增添一絲親切感。想不到，去年她竟突發奇想，邀請我這個編劇「老新秀」提供新劇本，恰巧我手頭正有與福基兄一同構思的《揚州慢》初稿，從而促成這段港大中文系的粵劇因緣！

如今，福基已矣，沒法讓兩個同樣愛好文學、愛好粵劇的港大校友得以面聚。不過，藉着《揚州慢》這齣抒述愛情、親情、人情、國情，而又充滿文學意味的新編粵劇，三位港大校友可以在不同階段為此劇努力，冥冥中似乎契應着某種隱隱玄機……

二、故事大綱

《揚州慢》一曲，傳為南宋初韓世忠將軍進屯揚州時，夫人梁紅玉哀其殘破而作，惜因戰亂而殘缺不全。淳熙三年，士子姜夔與范仲訥因報國無門，寄情山水。冬至日，走馬揚州，慕冷香樓名妓梅娘艷名造訪，不果。姜夔突發雅興，吹奏《揚州慢》殘調。忽傳琵琶和聲，原來梅娘亦曾習此曲。二人一見如故，由是締結良緣。仲訥雖暗慕梅娘，亦甘退讓，並於族叔范成大引薦下，轉往湖州任府尹蕭德藻幕僚。

三年後，姜夔因半闋《揚州慢》而成名，獲德藻賞識，乃命仲訥前往禮聘其為樂正。時姜夔與梅娘相棲於西園，生計日艱。惟姜夔因不捨梅娘拒聘，梅娘為激勵其奮發，乃藉辭將赴合肥鬻歌。姜夔無奈應聘，二人並訂下五年之約。

德藻因侄女蕭琴傾慕姜夔，為玉成其事，竟諉言曾與姜父指腹為婚，並請左相范成大為媒。姜夔情孝兩難全下，無奈允諾。惟婚後五年，二人離多會少。德藻深悔強就姻緣，遂向蕭琴剖白真相。姜夔得悉一切，並為踐五年之約，乃寫下休書離去，惟蕭琴堅拒。

梅娘於合肥重着歌衫，因姜夔婚訊傳來而憂傷成病。時姜夔踐約而來，二人冰釋前嫌。惟梅娘深明蕭琴苦況，決意捨己成人，乃託詞姜夔功名未遂，不肯履約，更騙說將出嫁茶商。姜夔憤然離去。

一年後，姜夔應范成大之邀，作客石湖，撰〈暗香〉、〈疏影〉二詞以報。成大命歌婢小紅歌舞二詞，更欲贈小紅與姜夔為妾，為姜夔婉拒。

姜夔聽從范相之言，願重新振作，乃先返揚州，於廿四橋邊撫今追昔，緬懷往事。其間倦極而眠，與梅娘夢會。梅娘勉其以家國為重，更囑其完成《揚州慢》下闋。姜夔醒後，正疑幻疑真之際，忽傳梅娘死訊，始知為其幽魂報夢，終大徹大悟，並續成《揚州慢》此千古絕唱。

三、主要角色、行當及首演演員

姜夔（文武生，龍貫天飾）：

饒州才子，本有報國之心，惟不滿朝廷苟安而寄情山水，工詞曲；先後與揚州歌女梅娘、湖州淑女蕭琴及石湖歌婢小紅結緣，惟始終深愛梅娘。最後夢會梅娘而重新振作，完成《揚州慢》一曲。

梅娘（正印花旦，鄧美玲飾）：

出身京洛大家，因戰亂與姊柳娘避難揚州。因才藝雙全，成為揚州名妓。因〈揚州慢〉殘曲與姜夔惺惺相惜，於西園雙棲三年；後為其前途而捨愛，抱病合肥，終至鬱鬱而終。

范仲訥（小生，杜詠心飾）：

姜夔摯友，亦為范成大族侄，為人磊落坦蕩。曾先後見證姜夔三段情事，惜愛莫能助。

柳娘（二幫花旦，林子青飾）：

梅娘親姊，亦為歌女，為人善良而世故，時為妹妹籌謀。

蕭德藻（丑生，廖國森飾）：

湖州府尹，熱愛詞曲，因而賞識姜夔，禮聘其為樂正；更設計納其為侄婿，反弄致侄女蕭琴抱憾終身。

范成大（武生，郭啟煇飾）：

曾為左丞相，善詩詞；因悔作冰媒，欲以歌婢贈姜夔作補償，不果。

蕭琴（三幫花旦，司徒凱誼飾）：

幼孤，由叔父蕭德藻撫養；因慕姜夔而受騙錯嫁，惟矢志不渝。

小紅（正印花旦，鄧美玲分飾）：

范成大府中歌婢，善歌舞，慕姜夔才貌，本願依從成大之意，嫁與姜夔為妾，惜為姜夔婉拒。

四、劇本

第一場　冷香緣訂

人物：

柳娘、姜夔、范仲訥、梅娘、二婢女

布景：

廳堂景（冷香樓一角）。雅致清幽，牆上有一洞簫。

【牌子頭】【起幕】【燈亮】

（柳娘率二婢衣邊同上介）

柳娘【詩白】亂世誰憐雙雛燕，人亡家散，（介）嘆飄零。（埋座介）【口古】奴家，（介）柳娘，（介）與妹妹梅娘，本出自京洛世家，只因金兵南侵，一家隨宋室避禍而來，中途散落；姊妹輾轉淪落風塵賣唱，相依為命。（介）為免玷辱門楣，姑且隱姓埋名，只以柳娘、梅娘相稱 8（介）幸而憑藉梅娘嘅聲色才藝，以及奴家嘅長袖善舞，總算換得今時嘅安定。（介）更購得此青樓舊宅，特取名冷香，苦心經營 8（離座介）【白】不過，今日適逢冬至，人人返家團圓，只怕會少了佳客光顧，真不知如何是好？（轉向二婢介）春桃、秋菊，趁現在尚未有客人，快隨我打點一切！

二婢（同應命介）【白】知道！（隨柳娘衣邊同下介）

（姜夔、范仲訥什邊同上介）

姜夔【揚州二流】竹西處，遊子解鞍愁日暝，過春風，十里薺麥青，小駐初程，清角吹，在空城，歷劫山河，望有英雄匡正。【口古】想我姜夔，世代書香，奈何先君年前病故，從此孑然隻影。（介）難得范兄與我四海同遊，才得以山水寄情8（介）

范仲訥【白】姜兄！【花下句】自有奇逢早春應，冬寒暫且醉花亭8知否有紅梅一朵傲青樓，聞得佢才貌雙全，獨把群芳領。【白】聞說此間有一座冷香樓，樓主名喚梅娘，艷壓揚州。嘆世亂紛紛，何幸尚有此維揚金粉呀！而且冷香樓，原是當年杜牧留情之處，我倆揚州初到，理應一探才是！

姜夔（思量介）【白】冷香樓？梅娘？既是杜郎舊跡，理應一探。如此說，敢煩范兄引路！范兄請！

范仲訥【白】姜兄請！

（二人同緩步前行介）

范仲訥（舉頭看介）【白】呀！到冷香樓啦！（領姜夔同內進介）

柳娘（衣邊復上介）（喜見二人上前揖禮介）【白】呀！原來係兩位公子！

恕柳娘有失遠迎，兩位請上坐！

（二人埋座，柳娘站於茶几前介）

柳娘【口古】難得兩位公子至日造訪冷香樓，待我為兩位準備酒菜。（轉向衣邊內場高呼介）【白】人來！準備酒菜！

二婢（內場回應介）【白】嚟啦！（端酒菜衣邊復上，擺設酒筵介）

范仲訥（轉向柳娘介）【白】係啦，柳娘！聞道此處有一位梅娘，精研曲律，可否請她前來一聚？

柳娘（瞄了二人一眼，故弄玄虛介）【白】梅娘嘛！【花下句】舍妹自賞孤芳有若梅傲雪，日夕操琴習曲在後庭8有緣當可會知音，若是無緣，惟怨命。（微笑介）【白】能否相見，一切隨緣！

姜夔（聞言離座介）【白】能否相見，一切隨緣？咁我請啦！（欲行介）

范仲訥（勸阻介）【白】姜兄，慢！柳娘所言甚是，一切隨緣，一切隨緣！

姜夔（無奈介）【白】好！（與范仲訥同回座介）

二婢（分別為二人斟酒介）

柳娘【白】兩位，酒菜已備，待我先敬兩位一杯！請！

（三人互相敬酒介）

柳娘【白】兩位慢用，奴家先返後堂！請呀！（揖禮告辭介）（另場竊笑介）【白】且看兩位緣分如何！（領二婢衣邊同下介）

姜夔（忽有所感介）【白】范兄！既然你我初訪揚州，你知否有《揚州慢》此曲？

范仲訥（搖首介）【白】姜兄，未有聽聞！

姜夔【白】其實，四十多年前，韓世忠將軍苦守揚州，力抗金人；夫人梁紅玉忍見此城殘破，因而作了一曲《揚州慢》，以寄哀思；其後岳元帥也曾於獄中彈奏。姜夔有幸自韓府後人習得此曲，獨惜只餘上片殘調，缺略不全。

范仲訥【白】此處歌苑青樓，當有笛簫。煩勞姜兄演奏此殘曲如何？

姜夔【白】言之有理！待我看來……（四顧介）哦，果然有一管洞簫。（趨前於架上取下洞簫，查看並試吹介）

范仲訥【白】姜兄，請！

姜夔【白】獻醜了！（回座，吹奏〔新曲揚州慢〕上片介）

（內場忽地傳來與簫聲相和琵琶聲）

姜夔、范仲訥（同感愕然，站起四顧介）

姜夔（驚喜介）【白】奇嘞？【花下句】何以簫管琵琶同一調，縱未嘗謀面已暗生情◎彷似隔世知音，正待從頭認。

梅娘（內場）【白】人來引路！

【起士工慢板板面】

梅娘（於二婢陪同下，衣邊上介）【士工慢板下句】娉娉嫋嫋十三餘，豆蔻梢頭二月初，珠簾未卷，為怕風月，關情◎適值聽簫聲，禁不住琵琶詠，誰想殘調揚州，竟得與騷人，和應。【拉腔收】【花下句】俗韻徒教污耳目，清曲難得滌心靈◎嗰一位堂上客，究是顧曲周郎，抑是浪蝶狂蜂，貪花性。

（姜夔急不及待欲衝上前，范仲訥急忙制止介）

（梅娘走前注視姜夔，二人不期四目相投，一同愣住介）

（范仲訥回過身來，見梅娘驚為天人，惟見梅娘、姜夔二人神態，看在眼裏，心中明白介）

梅娘（落落大方趨前向二人施禮介）【白】兩位公子有禮，梅娘這廂見過！

范仲訥（回禮介）【白】梅娘有禮！（知機退往近衣邊介）

梅娘（無視范仲訥，反而刻意走近姜夔介）【白】公子，你手持嘅簫管乃是奴家之物，你……

姜夔（回過神來，欣然介）【白】哦！原來此簫乃是小姐之物，待小生奉還蓮駕。（把洞簫遞還梅娘介）

梅娘（接簫介）【白】然則，筵前簫聲，可又是公子你吹奏嗎？

姜夔【白】正是！方才庭內琵琶，又可是梅娘彈詠？

梅娘【白】也是！（既羞還喜介）公子，梅娘何幸得見雅士，請問公子高姓大名。

姜夔【白】在下姜夔，表字堯章，乃是饒州人士。

梅娘、姜夔（同揖禮介）【白】姜公子／梅娘有禮！

范仲訥（故作咳嗽介）

姜夔（醒覺介）【白】呢位係范仲訥公子，與在下係八拜之交。

梅娘（轉向范仲訥揖禮介）【白】范公子有禮！

范仲訥（回禮介）【白】梅娘有禮！

梅娘（牽姜夔手一同埋座介）【白】姜公子請進！

范仲訥（本欲跟進，知機後退介）【花下句】想不到秦樓有此傾城艷，淤泥幾見玉蓮清8怎奈佢秋波斜盼獨向姜郎，嗟我貌遜才疏，唯認命。

（無奈悄然衣邊下介）

梅娘【白】梅娘何幸，得遇公子，信有前緣。敢問公子，何以習得此曲？

（示意二婢撤下介）

二婢（作揖衣邊同下介）

姜夔【白】初到揚州，得遇梅娘，我三生有幸才是！其實，此曲乃是韓府後人教習，可惜只餘上片殘調！（離座轉向梅娘介）【白】梅娘呀！

梅娘（離座回應介）【白】姜公子！

【起春江花月夜序曲】

姜夔【春江花月夜】舊樂寄哀情，憶昔奮戰苦傷病，維揚歷劫，全賴有此曲慰心靈。嘆萬里江山怕重認，未得勇夫挽危城，剩譜殘詞孰再聽，空悲國土沾血腥。【浪白】如今只餘殘調，寧不可惜！

梅娘【接唱】語語驚心聽，怎不令人淚迸。信是緣分也，頓染相思症，盼清曲有朝八方奏響慶重鳴。【浪白】我也是從昔日京洛鄉鄰處，習得此曲，想不到原來有此悲涼嘅背景。

姜夔【接唱】願卿鑑我愚誠，新譜喜得相共訂。【浪白】我倆何不共訂殘箋，以示對前賢嘅崇敬，好嗎？

梅娘【浪白】好呀！【接唱】望琵琶，能復與簫聲併，揚州苦悲歌得以再彈詠，願君顧惜此時情。

姜夔【接唱】謝你情義永，諒我書生性。四海飄，慣披星，只得你翠樓獨弔影。【浪白】我飄泊江湖，只怕有負梅娘情義。

梅娘【接唱】歌衫錯着不怨命，飛絮墮溷保潔淨。莫慚落拓，懷才但抱珠璣滿腹氣自盈。

姜夔【接唱】感卿勉我解心病。信馬幸得過揚城，飄飄似登仙界境。（揖大禮介）【白】謝過梅娘勉勵！

梅娘（雙手扶持介）【白】姜郎！【花下句】吹簫引得瑤台鳳，鼓瑟難得喚湘靈8惟是風塵慣見負心人，弱質又憑誰憐薄命。

姜夔【白】梅娘，你放心啦！【接唱】一萼紅梅心永繫，指天為誓不忘卿8杏梁雙燕樂同棲，三生石上早把前緣訂。

梅娘（欣然介）【接唱】青樓今夕圓好夢，

姜夔【接唱】知否姜郎猶勝，杜郎情8【拉腔收】（與梅娘相偎介）

【暗燈】【第一場完】

第二場　半闋牽情

人物：

蕭德藻、范仲訥、眾家僕

布景：

湖州府尹內堂景

【牌子頭】【燈復亮】

蕭德藻（衣邊上介）【中板】物阜民豐刑政簡。清風兩袖號千巖8廿載官場仍未慣。痛恨苟安墮志禍河山8近日瘋傳半闋《揚州慢》。抒懷國事寄時艱8〔轉花〕意遠情深，自有黍離之嘆。（埋座介）【白】本官（介）湖州府尹蕭德藻，別號千巖老人。（介）想我雅好倚聲，無奈公務繁忙，久已不通琴調。近日半闋《揚州慢》，早已傳誦於朝野之間。打聽之下，知是我故友姜噩之子，饒州才子姜夔，把舊曲重訂，再配以新詞。我侄女兒蕭琴，對於姜夔，已是心生愛慕。（介）老夫知道，本府幕僚范仲訥，與他為八拜之交。故而今日請他過府，商量一事。（介）正是：【詩白】欲把名士禮聘，好待新詞舊譜，再重彈。

范仲訥（什邊上介）【花下句】未悔逃情揚州別，蕭然飄泊嘆青衫8湖州幸寄一枝棲，喜見府尹清廉，備受民稱讚。【白】自與姜兄揚州話別，轉瞬三年。聞得姜兄與梅娘於廿四橋邊，雙宿雙棲，好不快活。我蒙族叔左相范成大引薦，到湖州做蕭府尹嘅幕僚。佢二人為官清廉，自當盡心輔佐。（入堂介）（見蕭德藻上前叩見介）參見蕭大人！

蕭德藻（回禮介）【白】免禮！范先生，你來得正好！【七字清下句】半闋《揚州慢》，八方樂唱彈8喬木廢池徒浩嘆。窺江胡馬恨縱橫8道盡遺民心底嘆。寄取空城血淚瀾8慷慨悲歌，何志猛。【浪白】如今到處充斥靡靡之音，何幸有此清曲雅調呀！

范仲訥【另場接唱】猶記《揚州慢》，初聽於柳梅間8半闋曲成今已傳廣泛。同賞雅俗自非凡8【一才】（轉向蕭德藻介）【轉滾花】大人為何提及此曲，可否明言一旦。

蕭德藻【口古】范先生，我欲禮聘姜夔為樂正，我連聘書都寫好啦，（取出聘書介）素知你與佢情同手足，此事正好交由先生代辦。（介）

范仲訥【口古】大人，姜兄得大人賞識，我都為他高興；惟是他在揚州，已與歌女梅娘築下了鴛鴦棧。

蕭德藻（不屑介）【口古】名士風流，逢場作戲，斷不會貪戀勾欄8【白】你速赴揚州就是！

范仲訥【白】如此說，晚生從命！（無奈懷書什邊下介）

蕭德藻（拈鬚微笑介）【白】好呀！【花下句】湖州若得才子至，不單老者大慰，少者亦開顏8

【暗燈】【第二場完】

第三場　曲水沉香

人物：

梅娘、柳娘、姜夔、范仲訥

布景：

庭院景（揚州西園一角）。雖略覺簡樸，卻不失清雅；中有一亭，上有「曲水沉香」四字。

【牌子頭一句作上句】【燈復亮】

梅娘（衣邊上介）【貴妃醉酒】昔日琵琶笙簫奏，終身私託樂綢繆，添香幸賴有紅袖，聲韻共定一雙佳偶，曲水滌閒愁。情若醉，夢長留，但望情天庇佑。【白】姜郎憑半闋《揚州慢》，雖然薄有虛名，惟是他日夕只顧作曲填詞，不思進取；更愛呼朋喚友，弄月吟風。如斯揮霍，怎不令奴憂心呢！（介）今日他正趕往城中，迎接故人范公子。正是：【詩白】敘舊原無價，惟嘆阮囊羞。（入亭置酒筵介）

柳娘（抱包袱什邊上介）【花下句】冷香零落無尋處，幸有西園清雅傍梅幽8話別臨岐，怕看亭前翠柳。（入園介）（見梅娘即趨前相擁介）

【白】梅娘！

梅娘（喜極介）【白】姐姐！你何故突然過訪呀？（見包袱疑惑介）更帶備行囊，姐你可有遠行？

柳娘【白】唉，妹妹呀！【錦城春】歌樓，歌樓，無復風光自冷梅去後。生計難求要賤賣樓，轉往合肥為靠秦淮舊友，歌衫被上我未敢苛求。

梅娘【接唱】驚悉往日繁華盡已收，數載變幻難承受。姐今去，願天庇佑。闊山隔，憶燕舊。牽衣挽臂細意勸姐留。

柳娘【接唱】別矣何堪執手，徒傷春秋，不過暫分梅共柳。

梅娘【接唱】我嘆悲苦，似孤舟，悲失舦控四海浮。

柳娘【白】妹妹何出此言？

梅娘【白】姐姐！【木魚】一自舊曲新詞重訂就。姜郎清譽滿揚州８獨惜浮名難換糧半斗。反招來墨客曲水留８羅掘漸窮心苦透。我欲勸郎求仕語還休８往日疑難尚可憑姐救。姐姐去後誰能代我作出謀８

柳娘【白】原來如此！（思索介）呀，有了！若果他執意不仕，你便直言家無餘糧，要隨我遠赴合肥，重着歌衫，看他如何反應。

梅娘（勉強點頭介）【白】好啦！但勸得姜郎上進，一試又何妨。（介）姐姐，你且隨我歇息，待姜郎回來。（隨說隨接過包袱，扶柳娘衣邊同下介）

（姜夔、范仲訥什邊同上介）

姜夔【口古】范兄，想當日我倆無意仕途，只為怕沾污逐臭。（介）何解闊別三年，你竟改心換志，混此濁流ㄖ

范仲訥【口古】姜兄，你有所不知啦！只因族叔范成大，與湖州府尹蕭德藻，二人為官清明，廉潔自守。（介）得蒙族叔舉薦，故而任事湖州ㄖ（介）【白】蕭府尹真係個好官嚟㗎！

姜夔（明白介）【白】原來如此！所謂人各有志，恭喜恭喜！今日兄弟重逢，正好閒話家常，暢飲就是！（舉頭介）已到西園，范兄請！

范仲訥【白】如此說，姜兄請！（同入園介）

梅娘、柳娘（各端一份酒具，衣邊同復上介）（見二人，同趨前揖禮介）

梅娘【白】姜郎，你回來了！（轉向范仲訥介）范公子，有禮！

范仲訥（靦腆回禮介）【白】柳娘、梅娘，有禮！

姜夔（見柳娘喜極施禮介）【白】咦，柳娘姐，何以你突然造訪西園？姜夔這廂有禮！

柳娘（回禮介）【白】妹夫有禮！（轉向范仲訥介）范公子，三載睽違，別來無恙嗎？

范仲訥【口古】謝過柳娘關注，我如今已在湖州任事，今日舊地重遊，為與故人聚舊。（介）

姜夔【口古】我哋四人難得重逢，且同進沉香亭內，重溫昔日嘅詩酒風流8（介）（領眾人同入亭坐介）

梅娘（於柳娘輔助下，為眾人斟酒介）

四人（互相舉杯）【同白】請！（同飲酒，然後安坐介）

姜夔【柳搖金】曲水送行舟，此刻花亭共醉，解俗愁。

梅娘【接唱】清酒冷，慢客尚祈多寬宥。

柳娘【接唱】宛似曩昔靜苑懷故舊。

范仲訥【接唱】今日重會見，依樣梅柳黛眉幽。

姜夔【接唱】兄枉駕，遠道前來非僅訪友。【浪白】究竟有何事呢？

范仲訥【接唱】只為府尹納賢，欲禮聘詞聖赴湖州。

柳娘【接唱】顧曲周郎盡顯才茂秀。

梅娘【接唱】他朝得志願能酬。【白】姜郎，你終於可以晉身仕途啦！

姜夔（疑惑介）【白】范兄，何以蕭府尹要指名用我呢？

范仲訥（離座介，眾人亦隨而離座介）【白】姜兄！【反線中板下句】府尹素惜才，更雅好詞章，半闋《揚州慢》，佢日夕掛口頭〻佢話曲韻動人心，詞意攝人魂，悲歌若黍離，聽罷頻掩袖。特命我赴維揚，誠邀名士返，為求樂正，雅頌各有所投〻【轉花】伯樂難逢，如此機緣殊少有。

姜夔【白】范兄！【接唱】知否詩仙未甘為供奉，唯恐蕪詞俗世留〻何況曲水尚有俏紅梅，忍為功名離翠袖。

梅娘【白】姜郎，此言差矣！【接唱】昔日相如尚記求凰調，不枉文君賦白頭〻未悔勸夫覓封侯，只盼伯喈常念五娘候。

柳娘【白】妹夫！【接唱】可知西園處處凝珠淚，盡是梅娘心血流〻佢釵環典盡為持家，嘆你揮霍未知囊穿漏。

姜夔（急忙趨前向梅娘求證介）【白】此話當真？

梅娘（無奈回應介）【白】當真！

姜夔（驚疑不已，並回身轉向柳娘追問介）【白】果然？

梅娘、柳娘【白】果然！

姜夔（的的撐頓坐介）【沉花下句】唉吔吔，疏狂未識梅酸苦，任性猶如不繫舟⑧【轉花】本該應聘闖官場，（躊躇介）惟是何忍拋下梅娘，始終心歉疚。【白】我……我點可以留低你一個嚮西園呢！

柳娘【接唱】妹夫呀，你知否冷香樓，經變賣，【一才】

姜夔（驚訝介）【白】吓！

柳娘【續唱】西園恐怕亦難留⑧我已約同妹妹赴合肥，重着歌衫舒廣袖。【白】其實，揚州已無安身之所。反而到了合肥，我倆姊妹仍可相依為命。妹夫你大可放心！

范仲訥【白】柳娘，不若我倆先行退下，等佢兩個好好細談！（與柳娘衣邊同下介）

梅娘（深情介）【白】唉，姜郎，我哋夫罷夫呀！（介）【口古】難得有此上進良機，姜郎你不應輕易放手。（介）與其牛衣對泣，何不振作從頭∞（介）我在合肥賣藝鬻歌，潔身當能自守。（介）願與你訂下五年約誓，他日你功名得遂，自可合肥重聚，（介）再結，（介）再結鸞儔∞

姜夔（無奈點頭應允介）【禿花下句】今日沉香亭畔再盟曲水，

梅娘【接唱】但願天荒地老愛長留∞

【即起反線驪歌怨引子】

梅娘（取桌上杯酒走近姜夔介）【驪歌怨】且進別酒，願君志能酬。（遞酒與姜夔介）

姜夔（黯然接杯介）【接唱】此際淚向腹內流，（飲酒並擲杯介）憑誰惜燕舊。

梅娘【接唱】休傷關河互阻隔，尚有來鴻去雁把心聲透。

姜夔【接唱】我倆冬至共訂曲，七夕結鸞儔。【浪白】何不每年七夕，效牛女相會呢？【接唱】情花復種趁清秋。

梅娘【浪白】五載匆匆，又何必苦苦糾纏呢！【接唱】難得抱才彥秀，立志家國，莫怨憂。【浪白】你且專心仕途，勿為情累。

姜夔【接唱】重山複水，難買歸舟。【浪白】梅娘，珍重呀！

梅娘【浪白】姜郎！【接唱】相看無語執手。【浪白】湖州陌地，你一切要小心呀！

姜夔【浪白】我知啦，梅娘！【接唱】檀郎此去盼名留，

梅娘【接唱】寒梅經雪傲同儔。

姜夔【接唱】此心不變堅守約誓，魂夢牽掛紅袖，管他鶯燕萬千，長懷舊。

姜夔、**梅娘**【同白】梅娘／姜郎！（相偎相擁介）

【暗燈】【第三場完】

第四場　輕約飛花

人物：
蕭德藻、姜夔、范仲訥、蕭琴、范成大、眾婢僕

布景：
湖州府尹大堂景

【牌子頭一句作上句】【燈復亮】

蕭德藻（衣邊上介）【打引】今日降貴紓尊把名士候，為盼良緣天賜，（介）鑄同衾。【拉腔收】（埋座介）【白】想當日，請范先生前往禮聘姜夔，至今未有消息。惟是我得知姜夔已在揚州，與一歌女相棲三年。若是他為了仕途，拋棄歌女，如此負義無情，又怎值得我侄女兒蕭琴對佢傾心愛慕；若他寧死不從，那又如何是好？（思索介）呀，有了！想我與其父姜噩乃是同科進士，我何不矯言曾與其父指腹為婚，逼他就範，豈不是好！正是：【轉詩白】今日堂前將婚騙，只為慕才司馬，（介）有文君。（介）

姜夔（隨范仲訥什邊上介）【花下句】鶼鰈情深分兩地，只怕功名未遂誤佳人。

范仲訥【接唱】囊錐脫穎得其時，自有長風將鵬翅振。【白】既已到來，且先進內堂，拜見大人先啦！

（二人同進堂介）

范仲訥【白】參見大人！

蕭德藻（見二人喜極相迎介）【白】范先生你回來了！

范仲訥（趨前叩見介）【白】范某回來了！（領姜夔上前介）大人，呢位就係姜先生啦！

姜夔（趨前叩見介）【白】草民姜夔參見蕭大人！

蕭德藻【白】姜先生不必多禮！（由頭到腳注視姜夔介）唔錯！唔錯！姜先生呀！【木魚】知否半闋名曲早已傳遠近。家國情思實足珍∞先生應聘前來自是湖州幸。從此五音六律不再亂紛陳∞

姜夔（狐疑介）【白】蕭大人！【接唱】磊落襟懷長耿耿。為國馳驅秉初心∞易俗移風縱可憑曲韻。惟是扶傾濟世焉可仗瑤琴∞【口古】姜夔雖是一介布衣，卻非逐色徵歌之徒，但以天下為己任。（介）盼有日能報效朝廷，造福蒼生∞（介）

蕭德藻（莞爾介）【白】哈哈哈！【花下句】黍離悲戚原非偽，【攝白】姜先生呀！【續唱】可知曲音樂韻，亦可振奮人心∞昔日梁紅玉，（介）

擊鼓退金兵，（介）莫道鐵板銅琶，不及劍鋒刀刃。【白】與二位先生看座！

（二人拱手謝坐，姜夔衣邊、范仲訥什邊落座介）

蕭德藻【口古】其實，你喺《揚州慢》中所寄寓嘅家國之情，老夫亦同悲同感。（介）只因你未有功名，只好委屈先生暫居「樂正」一職；待他日你科場得意，自能平步青雲8（介）

范仲訥（掩袖偷規勸介）【白】難得大人體諒，你就快啲應承啦！

姜夔（思索介）【白】蒙大人器重，姜夔自當從命！

蕭德藻（喜介）【白】好呀！【花下句】府尹堂中添樂正，【一才】呀！尚有蒜皮小事，要勞駕先生8只因舍侄女，仰慕你才華，欲請益堂前求指引。（轉向婢介）【白】請侄姑娘出堂，謁見良師。

婢女【白】知道！（應命衣邊下介）

姜夔（起座謙辭介）【白】蕭大人！【接唱花下句】自愧學淺難膺人之患，

蕭德藻（示意回座介）【白】姜先生太謙啦！【接唱滾花】你藝高當可作明

燈8咦！隱約環珮聲傳，香風陣。

蕭琴（於二婢伴侍下，衣邊上介）【花下句】蘭房驟聽一聲喚，宛如鹿撞亂芳心8待我整珠釵，（整釵介）理鬢鬟，（理鬢介）未入華堂，已是羞難禁。（入堂介）（趨前向蕭德藻施禮介）【白】叩見叔父！

蕭德藻【白】免禮！來來，等我同你介紹府中新聘請嘅樂正。呢位就係你朝思暮想，【一才】唔係，係你朝夕孺慕，嗰位姜先生。

蕭琴（趨前向姜夔施禮介）【白】姜先生，蕭琴這廂有禮！

姜夔（離座急回禮介）【白】蕭小姐，有禮！

蕭琴（與姜夔四目交投下，羞怯不已，轉身介）【採花詞】俊朗青衿，傲然浩氣一書生，宋玉才情擅曲韻，怎得締結緣和分。（轉向姜夔揖禮介）【浪白】姜先生，請多多賜教！

姜夔【另場接唱】看佢秋波輕運，亂我心。滄海曾經怕浪生。（轉向蕭琴介）自慚落拓青衫飄零恨，那敢相教恕未能。【白】姜夔粗通曲藝，豈敢妄為人師呢！

蕭琴【白】姜先生太謙啦!【二王下句】《揚州慢》調寄哀音,半曲詠來經淚滲,願能親炙,你教我鼓瑟,吹笙8

姜夔【另場接唱序】忍見佢盈盈秋水泛天真8【唱曲】縱取次花叢,也未敢妄存,非分。(轉向蕭琴介)【白】蕭小姐,在下何德何能,還是請你另聘高明吧!

蕭琴【白】姜先生!【合尺花下句】自有文君憐司馬,可知周郎顧曲,亦端賴小喬心8弄玉多情,還仗簫聲,笛韻。(羞怯介)【白】姜先生,琴兒心意,想先生自能意會。唐突冒昧之處,懇請先生見諒!琴兒,琴兒就此告退!(羞極,衣邊急步下介)

蕭德藻(離座急呼介)【白】琴兒,琴兒!(轉向姜夔介)姜先生,侄女兒如斯失禮,請先生見諒!惟是,【轉士工花下句】惟是懷春少女暗把才郎慕,詩經三百早已有所聞8若是郎有意,(介)妾有情,(介)大可正娶明媒諧婚嬪。

姜夔(推辭介)【白】蕭大人!【接唱】謝過大人美意,更感銘小姐情殷8

可惜揚州地，我早已結鸞凰，尚有誓約五年，將鳳引。

蕭德藻（故不明白介）【白】誓約五年？此話怎解呀？（歸座介）

姜夔【白】如此説，大人請聽呀！【減字芙蓉下句】猶記冷香樓初遇，一曲緣定兩盟心8三載賦眉齊，惟怨囊空生計困。佢釵環經典盡，愧我尚青衿8【轉花】更定下誓約五年，一待名題便會重合巹。

蕭德藻（不以為然介）【白】嘻！【接唱花下句】秦樓但識黃金貴，盡是虛情假意，那有真心8由來名士配名媛，【一才】你若是舊愛難忘，好啦，就許你迎納小星，享盡齊人福分。

姜夔（激憤介）【白】呸！【快中板下句】忍教絕愛棄前盟8寧捨仕途難薄倖。姜夔豈是負心人8【轉花】拂袖而行，心激憤。（欲走介）

范仲訥（急上前拉住姜夔介）

內場【白】左相到！

蕭德藻【白】來得正好。出迎！（率范仲訥及眾僕迎迓介）

姜夔（無奈呆立一旁介）

范成大（率眾牌軍什邊同上介）

（眾人依禮相見介）

蕭德藻【白】大人到此未曾遠迎，望祈恕罪。

范成大【白】此次回京覆命，蕭兄再三叮囑，必須在湖州稍駐，撮合良緣。君子成人之美，我當然樂意效勞。

范仲訥（急趨前向范成大請安介）【白】侄兒拜見叔父大人！

范成大【白】仲訥，不必多禮！

范仲訥（把姜夔引至范成大跟前介）【白】叔父，呢位就係我嘅摯友姜夔。

范成大（打量一會，驚為天人介）【白】哦！你可就是饒州學子，半闋《揚州慢》蜚聲遠近嘅姜夔，姜先生呀！

姜夔【白】大人過譽了！學生姜夔，見過左相大人！

范仲訥【白】叔父，蕭大人已禮聘姜兄為「樂正」，更……更欲招為侄婿，卻竟引來一場爭辯。

范成大（疑惑介，轉向蕭德藻介）【白】蕭大人，如此美事，為何會引來爭辯呢？

蕭德藻（趨前揖禮介）【白】范大人容稟！【七字清下句】堂上青衫客，曲藝自超群𝄌倩女鍾情我欲把紅絲引。誰料佢青樓錯結霧水盟𝄌猶幸試得佢真情人忠耿。存信存義更存仁𝄌【一才】【轉花】如此英才，真箇世間難搵。

范成大【白】青樓霧水之緣，尚能存信存義，真係好難搵嘅！既然如此，你又何必強人所難呢！

蕭德藻【白】范大人，你有所不知啦！【口古】大人你大駕光臨，正好把公道主持，作箇評審。（介）只因佢未能存孝，始終有負親心𝄌（介）

范成大（狐疑介）【白】這個嗎？【花下句】仁者自當為孝子，蕭兄此語，究是何因𝄌

姜夔【接唱】我亦如墮五里霧中，懇請大人你言明底蘊。

蕭德藻【白】姜先生，請問先翁姜噩，可是庚辰進士？

姜夔【白】正是！

蕭德藻【白】咁就無錯啦！【木魚】猶記進士同科情性近。我哋一見如故更曾指腹為婚8

姜夔（吃驚介）【白】吓？【一才】

蕭德藻【續唱木魚】可惜倩女夭亡，無福分。加以仕途各異，從此沒音聞8想不到今日得遇姜夔何有幸，何有幸。【直轉二王下句】侄女兒對佢情深一往，正好以梅代柳，慰親心8得以再續前緣，信是情天，庇蔭。

姜夔【沉花下句】唉吔吔，原來有此舊約，新盟8

范成大（勸戒介）【白】姜先生！【滾花】先生不用再沉吟，且聽老夫一言，情切懇。【七字清下句】須知父母命，係有依憑8青樓誓約，卻是無媒問。應棄新歡，重續指腹盟8孝道無違，你當撫心自問。（三批介）

范仲訥（趨前把姜夔拉至一旁介）【接唱】你莫因愚孝誤釵裙，今日輕約飛花，徒教他年遺恨。（三批介）

姜夔（猶疑介）【白】這個嗎？【接唱】情與孝，倩誰分8盡孝須忘揚州韻。

為情應棄指腹盟8智詘計窮，惟向蒼天，哀問。【叫頭】罷了爹爹！娘親！天呀！

范成大【白】你好應該當機立斷呀！

姜夔【白】這個嗎？（水波浪苦思躊躇介）（在三人催迫下，終毅然下決定介）【花下句】倘若雪侵梅，尚有扶持綠柳；惟是琴無主，又何處覓知音8罷罷罷，孝道難違，唉，忍效杜郎，慚薄倖。【拉長腔收】【白】我，我願踐約成親便是！（黯然介）

蕭德藻、**范成大**（同欣悦介）【白】好呀！

蕭德藻【接唱】還請左相你為媒證，

范成大（點首欣然介）【續唱】玉成好事，老夫願意作冰人8

蕭德藻（滿心歡喜介）【白】多謝大人！

（姜夔低頭無語，范仲訥直視姜夔，怒其不爭介）

【暗燈落幕】【第四場完】

第五場　湖州驚變

人物：

蕭琴、蕭德藻、姜夔

布景：

書房景，清雅高貴，惟一片冷寂。

【牌子頭起幕】【燈復亮】

蕭琴（衣邊上介）【詩白】三生信有良緣訂，（介）五載何堪，（介）若即離。【螺黛】惆悵玉簾垂，憔悴孤燈對，笙簫何曾奏響相和隨。嘆空閨，嘆空閨，樑間燕覓侶，誰悉芳心碎。【滾花】五載相敬如賓，卻又平淡若水。【哭相思】苦呀！【白】姜郎身為樂正，要到處考察民歌，有時更一去數月。不過，就算在家，也總是心事重重。但見他對月凝思、望梅癡想，寧不，寧不令奴苦煞！（沉吟低泣介）

蕭德藻（什邊上介）【花下句】估道指腹婚盟騙得東床婿，誰知佢西廂常唸舊鶯詞8怕見恨鎖瑤琴，怎得開懷一語。【白】千差萬錯，都係錯在當初我自作主張，強就姻緣。誰知五年來琴兒以淚洗面，真係悔不當初。（毅然介）唉，事到如今，唯有向琴兒言明真相，由佢自行決定係啦！（叩門介）琴兒，我入得嚟書房嗎？

蕭琴（急抹淚回應介）【白】入得入得！（開門介）

蕭德藻（入房介）

蕭琴（趨前執禮介）【白】叩見叔父！

蕭德藻【白】琴兒不必多禮！

蕭琴【白】侄女兒還未到堂前請安，何解叔父會突然造訪呢？

蕭德藻【白】唉，琴兒呀！【木魚】猶記乳燕失巢投異地。

蕭琴【接唱】幸有矜憐叔父兩相依8

蕭德藻【接唱】慕才尚解你癡心意。

蕭琴【接唱】難得指腹舊約賦齊眉8

（姜夔什邊上介，正欲內進，忽聞二人對話，不禁於窗外靜聽介）

蕭德藻【白】指腹舊約？叔父今日前來，就是要向你言明一切。【接唱】其實指腹婚盟，乃係我順口雌黃，根本無此事。【一才】只為騙取名士，與你結連枝8

蕭琴（驚訝介）【接唱】驚心乍聽傷情語。宛如旱地，驟驚雷8【白】叔父，實情如何，請你直言無隱。

蕭德藻【白】唉，琴兒呀！【七字清下句】為解文君渴，何惜惑相如8只為佢鍾情揚州妓。不戀名花戀敗枝8假託指腹盟，逼佢存孝義。還請范相，把婚事主持8五載怨女癡男，都是我聰明所累。【浪白】五年來見你獨守空房，我又於心何忍呢！所以如今向你表明真相。

蕭琴（悲痛介）【接唱】聞此語，倍傷悲8良緣竟非由天賜。但憑妄語繫紅絲8惟是我愛姜郎，情不異。縱乏郎寵愛，猶是志不移8佢若納小星，我亦無異議。【拉腔收】

蕭德藻【沉花下句】唉吔吔，聽佢深情字字，我不禁老淚淋漓8【轉花】都是我一念之差，才弄致如斯田地。

姜夔（終按捺不住，沖入房中，緊執蕭德藻手，大怒介）【白】你幹得好事！可怒！可怒！（三批介）

姜夔【白】指腹為婚之約，可是你偽託，【一才】可是你偽做，【一才】可是你無中⋯【的的撐重一才】生有呀？

蕭德藻（低頭無語介）

蕭琴（不住飲泣介）

姜夔【白】唉吔！【禿起禪院鐘聲尾段】晴天霹靂似受萬箭矢，負了琴心更負了暗香義，五載疏放苦相思，孝思愛念難共持，豈料詞皆虛，驚夢碎，為踐前盟舊約，棄職別去不思歸。（欲離去介）

蕭琴（急走前牽袖介）【接唱】夫君一去我心死，矢節空閨盼雁字。

姜夔【接唱】你又何苦心癡，乞嬌諒恕。願解約誓，你無再現愁眉。（欲往書桌，為蕭琴攔住介）

蕭琴（哀泣介）【白】姜郎！

姜夔【口古】琴娘，我願寫下休書，不欲誤人誤己。（介）祝你早日另尋佳偶，共效于飛8（推開蕭琴，奔向書桌，奮筆疾書。寫罷，把休書塞進蕭琴手中介）

蕭琴（淒然介）【白】另尋佳偶，共效于飛？唉！【長二王下句】五年比翼，未效于飛8此生已付託姜郎，決不忘情，另行婚配。（掙扎起身介）

姜夔【白】這又何苦呢！【快點下句】琴娘莫為我癡迷8【轉花】舊約難忘，急赴合肥陌地。（欲出門離去，為二人攔阻介）

（三人拉扯介）

姜夔（終掙脫，拂袖什邊急步下介）

蕭琴（失望頹然欲昏倒介）

蕭德藻（急忙參扶介）【白】琴兒，我累咗你囉！

蕭琴（憂傷介）【接唱花下句】此後空房夜夜，閒鈎愁對，舊幃虛８（拉腔收）（昏倒介）

蕭德藻（痛心介）【白】琴兒！琴兒！

【暗燈】【第五場完】

第六場　春遠赤欄

人物：

梅娘、柳娘、姜夔

布景：

赤欄小苑景。簡陋中仍見淡雅。

【牌子頭】【落中幕】【台右燈漸亮】

梅娘（一臉病容於衣邊沉吟介）【紅燭淚】霜華壓斷梅花枝，夢覺依稀揚州淚。悲藹困，無法解纏絲。苦風侵，誰個可逃避。盼歸舟，遠笛聲聲倍令我傷悲。本欲抽刀斷情情更繫。孤枕獨眠，猶憶故園事。燈暗燭昏照緇衣。只剩得赤欄寒宵望君回。

【台右燈漸黯，而左燈漸亮】

姜夔（內場）【胡不歸引子】郎踐舊約歸，深悔誤蛾眉。（背包袱持傘冒着風雪什邊上介）【續唱胡不歸】愁呀愁分飛，嘆呀嘆分飛。萬般情，千般淒怨無休止。錯配婚，錯惹相思。哀飄泊，忍教梅花身何寄。痛莫痛兮，無知孝子累金枝。愧莫愧兮，秦樓節婦偷泣淚。我買棹駕車，趕赴合肥慰病梅。【反線中板】回首舊西園，尚憶廿四橋邊，芍藥紅時人添媚。

【台左右兩燈同亮】

梅娘【接唱】猶憶妾琵琶，郎簫管，《揚州慢》調半曲馳８

姜夔【接唱】可嘆阮囊羞，無奈賦離愁，期以五年，重相聚。

梅娘【接唱】豈料佢負前盟，另成婚配，為圖富貴，覓高枝8〔轉花〕惟怨燕雁無心，甘隨雲水去。

姜夔【接唱】堪嘆赤欄深處，剩此薄命紅梅8

梅娘【接唱】怕看清苦數峰，商略黃昏陣雨。

姜夔、**梅娘**（隔空遙望介）【哭相思】梅娘呀／姜郎呀！

【暗燈】【起中幕】【燈復亮】

柳娘（什邊抱聘禮上介）【花下句】京洛揚州連枝共，柳梅輾轉寄合肥8可惜湖州惡耗傳來，病榻纏綿憐弱妹。（入內，隨手把聘禮放在桌上介）【口古】五年來梅娘佢病患相思，早已閉門謝客，隱居於赤欄此地。（介）日常生計，只賴我在歌坊獻唱維持8（介）月前我遇一般實茶商，佢不嫌我出自風塵，願娶我作續弦妻子。（把桌上聘禮拿起後放回介）呢啲就係佢今日送嚟歌坊嘅下聘文定啦，佢仲話喎，只要我應承佢，以後對我都會百順千依8（介）惟是，【轉花下句】唉，惟是

梅娘 梅娘多年抱病，我又怎可棄佢如遺𠾍若帶佢同上茶船，又怕病體難捱，那朝風暮雨。【白】真係唔知點同梅娘佢講好呢？（徘徊沉吟介）

梅娘（衣邊緩緩復上介）（見柳娘趨前相見介）【白】姐姐，你回來了！

柳娘（急上前參扶介）【白】回來了！

梅娘（乍見桌上聘禮介）【白】這……這些是誰家聘禮？

柳娘【白】之唔係我嘅聘禮囉！

梅娘（驚訝介）【白】姐姐，此話怎解？

柳娘【木魚】記否去歲赤欄橋邊雨。柳娘有幸遇相知𠾍

梅娘【攝白】記得！【接唱】佢雖是茶商亦誠君子。我知佢對姐你情深志不移𠾍

柳娘【接唱】今日歌坊佢向我提親事。更帶來文定證情癡𠾍

梅娘（欣喜介）【接唱】大好姻緣，姐你休放棄。

柳娘（遲疑介）【接唱】正詳加考慮尚躊躇𠾍

梅娘（疑惑介）【白】姐姐，呢個咁好嘅歸宿，你仲考慮啲乜嘢呢？

柳娘（感觸介）【白】唉，妹呀！【花下句】茶船飄泊無定處，何忍你病體逐波隨8我又不忍掉下梅娘，只為自幼相依同室處。

梅娘（明白介）【白】原來如此！【接唱】莫道病梅纏翠柳，知否你一生幸福要堅持8我願隨姐姐赴天涯，你莫負愛郎情與義。（強斂病容介）【白】其實，其實我嘅病已好番好多㗎啦！我可以同你一起上茶船生活嘅！你快啲去回覆佢，應承佢啦！

柳娘（驚喜介）【白】真嘅？咁，咁我而家就去回覆佢、應承佢架啦！

梅娘【白】快啲去啦，就嚟天黑啦！

柳娘【白】咁你嚮度等我番嚟啦！（匆匆出門，什邊下介）

梅娘（關門介）【詩白】願姐良緣能鑄就，我何惜病骨更支離。（無限感懷，衣邊下介）

姜夔（背包袱攜雨傘什邊悵然上介）【乙反二王下句】露冷星稀，風寒雪蔽，五年舊約，我未忘遺，此際奔赴合肥，為把前緣復締。只恨赤欄深處，幽幽梅影，究何依8遙見小苑燈搖，許是我梅娘，居處。【拉腔收】（趨前細看介）【白】赤欄別苑，赤欄別苑！（驚喜介）係呢度啦，待我叩門！（叩門介）【白】開門！

梅娘（端燈衣邊復上介）【白】誰個叩門？（置燈桌上後，走向門介）

姜夔（急回應介）【白】是姜郎叩門呀！

梅娘（激動介）【白】啊！（急速開門介）

姜夔（入內，放下行囊急衝前介）【白】梅娘，真係你呀！

梅娘（大喜興奮介）【白】姜郎！

姜夔、**梅娘**（撲前相擁介）【哭相思】梅娘／姜郎呀！【沉花下句】唉吔吔，恍如隔世，淚眼迷離∞

梅娘【轉花】五載離情，真不知從何説起。【胡姬怨】聲聲淒怨，宛若啼鵑傷心句。飛花飄絮，落拓何堪招風雨。

姜夔【接唱】故雁歸飛，踐約如期，檀郎赴會，共賦齊眉。此後重開花並蒂。

梅娘（幽怨介）【白】姜郎！【花下句】謝過姜郎情意，惟嘆我病喘難支∞

聞道你已另娶名門，又何必遠來此地。

姜夔（沉痛介）【白】唉，梅娘呀！【反線中板下句】一自赴湖州，蒙重用，奉為樂正，理曲詞∞誰料府尹騙完婚，說甚指腹盟，迫娶琴娘，只為存孝義。五載未同床，孤衾懷異夢，難忘西園約，朝夕念紅梅∞【轉花】孽緣錯結恨難翻，為補缺憾情天，至有兼程到此。【口古】我已寫下休書，從此兩無掛慮。（介）今日踐約而來，為與你再詠關雎∞（介）

梅娘（思索介）【另場長花下句】喜見佢情不二，志不移，錯怪檀郎心帶愧，惟念到湖州此後，空餘苦鳳，獨悲啼∞嘆五載寒衾，我也曾遍嘗，此苦味。【起三疊愁序】（轉向姜夔介）【序白】姜郎！我知你受人瞞騙，但使君經有婦，又何必到此呢！【三疊愁】感君情義，念眷紅梅，縱另婚也未忘，五載之約路遙跋涉崎嶇。惟是你空房尚有妻，佢恩深情永繫，朝夕望夫暗淚垂，心已碎，問你何以對，那堪斷情絲。

姜夔【浪白】你處處為人着想，咁你自己呢！【接唱】唉，交煎情義，累卻琴兒，惟是舊恩永難忘，無意效秋蟬另寄新枝。非所愛，那可共賦

梅娘 于飛，無自困，效春蠶盡縛千絲。已誤已怕誤人，未敢情錯置，緣錯置，終身痛苦何如慧劍狠一揮。

梅娘（另場躊躇介）【沉花下句】哦哦哦，恩情道義，教我兩難為8【轉花】若為私情，自當重和唱；若存大義，卻要讓愛郎，（介）仰首蒼穹，教我如何處置。【拉腔收】

姜夔（疑惑介）【白】梅娘，你何故一時低首沉吟，一時又仰天翹盼呀？

梅娘（掩飾介）【白】我，我……

姜夔（安慰介）【白】梅娘，不如你先坐下，等我開解吓你啦！（扶梅娘到桌前椅上坐下介）

柳娘（喜氣洋洋什邊復上介）【花下句】茶船明日迎梅柳，鉛華洗盡卸歌衣8忙把喜訊告梅娘，（入內，乍見姜夔驚愕介）【白】咦？【續唱】何故中宵忽見情雁至。（趨前與姜相見，不屑介）【白】姜公子，原來真係你呀！五載睽違，你可好呀？

姜夔（趨前回禮介）【口古】柳娘姐有心，我一切安好！今日只是踐約而

來，把梅娘迎娶。（介）

柳娘（大驚介）【白】吓！（半信半疑介）【口古】唔係噃！聞得你已入贅蕭家，與府尹侄女兒共賦齊眉8【白】停妻再娶，有罪嘅噃！

姜夔（忙解釋介）【白】其實，內裏情由，梅娘已經知道。我，我……

梅娘（急上前制止姜夔介）【白】你，你，你坐低先，待我同姐姐解釋！

姜夔（點頭介）【白】有勞梅娘！（於台後方椅上坐下，偶爾把弄桌上聘禮介）

梅娘（急牽柳娘至台前介）【白】姐姐，我想你幫吓我。附耳過來！（與柳娘耳語介）

柳娘（聽罷猶豫介）【白】妹妹，你真係要咁做？

梅娘（無奈介）【白】係！

柳娘（決斷介）【白】咁，好啦！我試吓啦！（與梅娘同轉向姜夔介）姜公子！

姜夔（急站起來制止介）【白】呀，柳娘姐，唔係咁叫，應該叫番姐夫才是！

柳娘（強作鎮定介）【白】你嘅事，我就知道得一清二楚，但係，似乎梅娘嘅事，你仲未知噃？

姜夔（狐疑介）【白】五年不見，當然有啲事，唔係完全清楚啦！咁，有乜嘢係我唔知嘅呢？

柳娘（轉身指向桌上聘禮介）【白】你可知這是何物呀？

姜夔（好奇介）【白】唔知噃！等我打開睇吓！（走近桌前審視介）咦，咁多金銀首飾，究是誰人嘅聘禮？

柳娘【白】之唔係就係梅娘嘅聘禮咯！

姜夔（仍帶笑介）【白】你又講笑啦！我唔相信係佢嘅，係你嘅聘禮至真！

柳娘（堅決介）【白】的的確確係梅娘嘅聘禮！（重一才）

姜夔（驚愕介）【白】吓！

柳娘【白】等我話你知啦！【七字清中板下句】誰叫你先作忘恩負蛾眉♎有茶商，獨愛梅娘美。剛下聘，明日駕鸞車♎怨只怨山伯來遲，莫怪英台無義。

姜夔（悲憤介）【接唱】聞惡耗，似驚雷⑻適才還互訴心底事。但見花容憔悴暗欷歔⑻【轉花】緣何另訂婚盟，殊怪異。【白】我唔信！

柳娘【白】你聽我講啦！【接唱花下句】梅娘本對你有真情義，惟是巧婦難為無米炊⑻還記否昔日西園，也曾羅掘俱窮囊空洗。何況你功名還未遂，縱然踐約亦為虛⑻莫道有情飲水飽，我話難得有財郎，【一才】【攝白】有貝之財嗰個財呀！【續唱】你還是速返湖州，重開花並蒂。【白】橫掂大家已各有家室，可謂各得其所。唔通要梅娘跟你一世捱窮咩！

姜夔（悲憤介）【沉花下句】唉吔吔，估道情如金石，竟不及柴米錙銖⑻（轉向梅娘介）【轉花】急問梅娘，你是否真箇嫌貧重利。

梅娘（故作狠心介）【接唱】多年困境窮愁病，今日綠楊移種兩家宜⑻你大可重返湖州，博取前程萬里。【白】你，你返去做番府尹嘅好侄婿吧啦！

姜夔（激動至半瘋介）【白】呵……呵……哈……哈……哈……哈……呵……呵……我明

白啦！【接唱】歡場果是無真愛，唯怨我寒盟未敢怪佢負約期8嘆春遠赤欄，我亦愧對琴娘，唯有飄泊江湖人遠去。（頹然苦笑介）【白】此地不能留，湖州又不願返，既然如此，我就從此天涯流浪係啦！

柳娘（撿起包袱雨傘遞與姜夔，並扶持梅娘安慰介）

姜夔、**梅娘**（雖依依不捨，卻各自憂傷介）

姜夔（黯然什邊下介）

梅娘【哭相思】罷了姜郎呀！（欲放聲哭，為柳娘制止介）

柳娘（趨前扶持介）【白】妹呀！【花下句】此後相依茶船渡，

梅娘（目送介）【接唱】默祝姜郎有日，吐氣揚眉8（按捺不住沖往什邊翹望，終昏倒於柳娘懷內介）

【暗燈】【第六場完】

第七場　暗香疏影

人物：
范成大、姜夔、范仲訥、小紅、眾歌婢、眾婢僕

布景：
石湖范成大別苑廳堂景

【牌子頭】【燈復亮】

范成大【中板】性近田園，難飾矯。官場混跡，嘆無聊8如今歸隱泉林，心事了。但知對酒當歌，樂逍遙8【轉花】避世石湖，閒將絲桐理料。【白】老夫范成大，為官數十年，剛告老歸田。回想六年前，在湖州強作冰媒，害得姜夔他，梅琴兩失，正是責無旁貸。（介）故此月前特命我家侄兒仲訥，請他到石湖作客，更請佢為我撰寫新曲新詞，（從懷中取出二紙介）呢兩首〈暗香〉、〈疏影〉，就係佢嘅新作，寫得詞麗情真，真令我愛不釋手。（介）【花下句】喜見姜夔重振作，惟盼詞壇再度泛新潮8我更特命歌婢小紅，今日筵前新獻調。（埋座介）

姜夔、范仲訥（什邊同上介）

范仲訥【白】姜兄！【花下句】去歲過訪合肥人不見，也曾趕赴赤欄橋8誰料人去樓空，行蹤渺。

姜夔【白】范兄！【接唱】載酒一年悲落拓，幸蒙范相誠意相邀8日前特贈以新詞，聊將謝意表。

范仲訥【白】今日叔父特在西樓設宴，據聞會將姜兄新作，命歌婢小紅於筵前表演。（突有所悟介）講起嚟，小紅同梅娘嘅樣貌，都有幾分近似。

姜夔（搖首介）【白】算罷啦！正是：【轉詩白】滄海曾經何邈邈，青山回首亦蕭蕭。

（二人同入內，見范成大同趨前請安介）

姜夔、**范仲訥**【白】參見左相大人／叔父！

范成大（見二人欣喜介）【白】不必多禮！（離座，轉向姜夔介）【口古】姜先生，今日我特地設宴西樓，為賀你新成雅調。（介）我更命人載歌載舞，那管樓外雨雪飄飄8【白】人來擺宴！

姜夔、**范仲訥**（同叩謝介）【白】多謝大人／叔父！

（眾婢僕忙擺宴介）

（三人於席前分坐後，眾婢僕忙斟酒招待介）

范成大（舉杯介）【白】請！

姜夔、**范仲訥**（同舉杯介）【白】請！

（三人同飲酒介）

范成大（向眾僕介）【白】有此人來，歌舞侍候！

老家僕（走到台口介）【白】歌舞侍候！

小紅（內場）【白】來了！

小紅（衣邊領眾歌婢歌舞上介）【小桃紅】暗——香——傲——雪——飄，

眾歌婢（邊舞邊唱介）【接唱】冷枝傲雪搖。

小紅（邊舞邊唱介）【接唱】舊時月色，幾番慰寂寥，自抱孤芳獨幽照。

（走近桌旁，向姜夔嫣然一笑，後退續舞介）

姜夔（似見梅娘，愕然並狐疑介）

眾歌婢（邊舞邊唱介）【接唱】人漸老，春風詞未了。

小紅（邊舞邊唱介）【接唱】江國浮泛，贈君寄路遙，綠鬢青衫共宿鳥。

眾歌婢（邊舞邊唱介）【接唱】香冷席宴瑤琴詠，喜得襯笙簫。

小紅（邊舞邊唱介）【接唱】花額春妝俏，水淨疏影俏，人亦俏，綵筆千句未盡描。憶昭君遠去，剩珮環夢裏繞。

眾歌婢（邊舞邊唱介）【接唱】霓裳曼舞，輕歌玉步搖。

小紅（邊舞邊唱介）【接唱】隱見紅萼秀，倚竹猶自笑。（再走近姜夔桌前一笑介）

姜夔（乍見小紅容貌突驚叩介）【白】唉吔，你……？

范成大（喜極介）【白】歌得好！舞得妙！

小紅（率眾歌婢謝辭介）【白】謝相爺！

范成大【白】小紅留步！（轉向眾歌婢示意介）你們先行退下也罷！

眾歌婢【白】知道！（衣邊同下介）

范成大（欣喜介）【白】小紅，我同你介紹，呢位就是寫〈暗香〉、〈疏影〉嘅姜夔，姜先生呀！

小紅（轉向姜夔，半帶羞怯揖禮介）【白】小紅見過，姜先生有禮！

姜夔（初欲避見小紅，不得已相見介）【白】小紅姐有禮！（乍見其貌若梅娘，不禁呆望介）

小紅（頓覺難為情地提示介）【白】先生、先生、先生！

姜夔（如夢初醒，急退後介）

小紅（向姜夔敬禮介）【白】小紅得以演繹雅詞，榮幸之至。還請先生多多賜教！

姜夔（謙辭介）【白】過譽了！【花下句】客居調音研曲律，原只為排遣寂寥〻

小紅【白】姜先生，【接唱】，惟是你假託詠梅，已把思憶慨深情盡表。

姜夔（另場暗驚介）【沉花下句】唉吔吔，原來尚有知音人在，何況佢貌似舊嬌嬈〻【長花】眼底俏嬌嬈，

小紅（另場思索介）【接唱】眼前五陵少，

姜夔【接唱】聲音容貌何近肖，

小紅【接唱】看佢重重心事意難描，

姜夔【接唱】看佢弱質纖纖含顰笑，

小紅（嬌羞介）【接唱】應知疏影還待暗香搖，

姜夔、**小紅**（同驚怯介）【同接唱】難囚意馬鎖心猿，（一才）

（二人不覺趨前至台中相互凝望介）

姜夔（恍然介）【白】唉吔，唔得嘅！【另場續唱】未敢再闖情關，徒自擾。【白】請恕姜夔冒昧失儀，還請小紅姐恕罪！（揖禮賠罪介）

小紅（黯然點頭介）【白】姜先生何罪之有呢！我倆相逢萍水，得見君子，已是三生之幸。姜先生心意，小紅明白！小紅明白！（轉向范成大介）相爺，小紅告退了！（悄然衣邊下介）

范成大（不明所以介）【白】哎……這……（離座步向姜夔介）姜先生呀！【走馬】適才舞姿婀娜筵前跳，弦管歌聲妙。翩翩舞扇飄，幽幽少女嬌，對君青眼頻垂着意瞧。

姜夔【接唱】心似旱枝未能雕，心似冷灰未重燒。【浪白】唉，如今我已心如止水，絕無半點兒女之思。

范仲訥【接唱】惟是佢貌似疏影艷，孤鸞當可再惜春鶯妙。

姜夔【接唱】情誤我，我亦誤了雙仙調。只望盼幽梅，與孤琴，得人憐念長照料。

范成大（欷歔介）【接唱】聽你滄桑一夕話，嘆恨海歸舟邈。【白】本來我想把小紅贈與你為妾，佢亦都應承咗啦！不過，適才見你倆欲言又止，我都明白嘅！既然你不想再誤己誤人，我都唔勉強你啦！正是：【詩白】當年錯作冰媒憾，此際何堪再駕鵲橋。【白】不知姜先生以後，又有何打算呢？

姜夔（向范成大揖謝介）【白】大人呀！【花下句】布衣幸得三台賞，可惜文章憎命，又未肯折金腰ꔷ縱報國有心，苦恨無門竅。

范成大（欣慰介）【接唱】彈鋏若得風雲展，先生壯志，自凌霄ꔷ【拉腔收】【口古】難得先生你報國有心，有個飛虎將軍辛棄疾，佢亦雅好詞曲，我可修書，代為介紹。（介）

姜夔（喜極介）【口古】謝大人！我亦仰慕其人，因為佢文韜武略，可謂傲視當朝ꔷ

范成大【白】好說了！

范仲訥（欣然介）【白】恭喜姜兄！

【暗燈】【第七場完】

第八場　夢覺維揚

人物：

姜夔、范仲訥、梅娘、柳娘、眾仙女

布景：

庭院景（揚州西園另一角）。什邊後方有一橋；中有一亭，上有「曲水沉香」四字。

【牌子頭一句作上句】【燈復亮】

姜夔、范仲訥（什邊同上介）

范仲訥【白】姜兄！【花下句】石湖喜見兄振作，何以重返揚州又意惘然？且看廿四橋邊，紅藥欣欣開遍。

姜夔（愁思介）【白】唉，范兄！【接唱】風景不殊情已異，樓空鳳去蕩茶船，沉寂西園，渾不見春風人面。

范仲訥【白】姜兄，梅娘早已嫁作商人婦，你又何必再朝思暮想呢！算啦！今日既然故地重遊，你就盡情追思。不過，你要記住，明朝我哋便要轉返湖州啦！

姜夔【白】多謝范兄關顧，我知㗎啦！

范仲訥【白】咁我唔阻你啦，我先回驛館，請呀！（揖辭介）

姜夔【白】范兄，請便！（回禮介）

范仲訥（什邊下介）

姜夔（於亭前徘徊介）【秋水伊人】愁腸千轉，嘆此生惹得孽和緣。琴娘錯愛，冷衾苦淚漣。歌衫兩被嘆梅娘，負佢情深一片，茶船另配婚，狠心拗斷並頭蓮。【詩白】今夕故苑重遊思舊侶，惟憑夢裏，會嬋娟。（走至亭前椅上坐下，不期倦極伏案入寐介）

梅娘【新曲梅娘怨】露冷雲凝朦朧月影漸，傲雪落梅艷，魂蕩渺盼復歸遠，飄飄渡暗香殿。怕弄醒孤棲瘦鴉倦，怯夜風蕭索望眼穿，悲折釵委玉鈿，嘆綠鬢萎花亂。苦恨煎，息癡念。借琵琶調，輕奏一曲夢裏牽。【白】姜郎醒來！姜郎你要醒呀來！

姜夔（甦醒介）【追信頭】冷江邊，似有鶯聲耳畔囀。（乍見梅娘，驚疑介）【白】你，你，你是梅娘？還是，還是小紅呀？

梅娘（故作嬌嗔介）【白】誰個小紅呀？

姜夔（自知失言急忙解釋介）【白】唉！日前在石湖范相府中，見一歌婢，名喚小紅。佢貌若梅娘，適才睡眼惺忪，加以浮雲掩月，一時看不清楚唧！

梅娘（竊笑介）【木魚】然則小紅與我誰更艷。

姜夔（靦腆介）【接唱】同樣花容貌似仙8

梅娘【接唱】失梅何不把新紅染。

姜夔【接唱】早囚意馬鎖心猿8

梅娘（感動介）【沉花下句】唉吔吔，姜郎情重，教我熱淚漣漣8

姜夔（不知所措介）【白】梅娘，你，你因何下淚呀？

梅娘（破涕為笑介）【白】我感動得滯唧！

姜夔（欣喜介）【白】原來係咁！【禪院鐘聲】尚記寒梅片片，落盡了西院。此番再會，信是前緣別有天，玉鏡重圓。

梅娘【接唱】唉，梅娘未盼綰絲續線，只為免呆郎掛牽，更為息君妄念。

姜夔【接唱】今宵復見，梅開欣吐艷。再共作鴛鴦侶，簫聲得以和奏往日琵琶弦。

梅娘（悲苦介）【白】唉，姜郎呀！【反線中板下句】劫後嘆紅梅，五載傷情淚，蒙君解我亂絲纏8惟是我痛惜琴娘，夜夜守空床，誰解佢嘅淒涼悲怨。讓愛為玉成，更望箇郎奮發，青雲平步，終有日姓名傳8

【轉花】孰料你載酒江湖，俱灰萬念。

姜夔【沉花下句】哦哦哦，梅娘醒我，謝你肺腑之言8【連環扣】落拓自愧青衫短，浪蕩天涯，風霜歷遍。縱豆蔻詞工，何堪重拾撿。縱夢好也難圓。

梅娘【接唱】莫再自怨哭蒼天，但賦深情為家邦奉獻。俊賞才高還應勤自勉。休為落花困重簾。

姜夔【接唱】唉，河山河山那堪沉淪被胡兒強佔，霧擁馬難前。為民為國此心堅。望能仗劍中原，靖烽煙。

梅娘【白】好呀！【滾花】尚望你速返湖州，免卻琴娘佢掛念。此後更要修文習武，效那祖逖揚鞭8

姜夔【白】知道了！【接唱】願隨稼軒不再賞杜郎，發憤仕途，當自勉。

梅娘（欣慰介）【接唱】梅娘心事從此了，（介）【攝白】咦，唔係嚁！【續唱】還有一樁心事尚望你成全8

姜夔（疑惑介）【攝白】梅娘，你尚有何心事呢？

梅娘【續唱】就係半闋《揚州慢》，始終未完成，但願姜郎快把你嘅才思展。

姜夔（欣然介）【白】哦，原來如此！【接唱】有幸相逢猶隔世，綵筆重拾自會立成篇𝄌一生花裏蝶癡迷，且把餘韻哀歌重曼衍。【白】梅娘，你放心啦！我會盡快將佢寫成㗎啦！

（內場雞鳴介）

梅娘（吃驚介）【白】唉吔！【接唱】乍聽雞鳴催曉月，梅娘難以再流連𝄌得見你勵志圖強，妾自當寬懷釋念。【白】姜郎珍重，梅娘去矣！（乘煙霧什邊下介）

姜夔（隨煙霧轉返亭前石桌伏案介）【白】梅娘！梅娘！（風鑼醒介）【白】梅娘！梅娘！（倉皇四顧，明白介）【白】哦，原來是南柯一夢！【花下句】遠嫁緣何還入夢，佢更勉郎上進再莫耽延𝄌恍惚迷離，彷似有不祥兆顯。【拉腔收】

柳娘、**范仲訥**（什邊匆匆同上介）

柳娘（見姜夔即衝前哭訴介）【白】姜公子，我，我對你唔住！

姜夔（疑惑介）【白】柳娘，何出此言呀？

柳娘（悲苦介）【白】唉，姜公子呀！【花下句】當日妝奩本是奴聘禮，

【一才】

姜夔（大驚介）【白】吓！

柳娘【續唱】梅娘只是陪嫁，才有赴茶船∞誰料佢病骨難捱，那風吹浪捲。（悲苦介）【白】梅娘為讓愛而假意負情，更為咗我嘅終身幸福，同我一齊抛江過海。其實，當時已佢病入膏肓。一日都係我累咗佢！

姜夔（悲慟介）【沉花下句】唉吔吔，原來梅娘經病逝，適才夢裏，只為向我進諍言∞【轉花】佢大義深明，死後猶把姜郎勸勉。

范仲訥（勸慰二人介）【接唱】柳娘你無需自責，姜兄你也應勇往直前∞莫再壯志消沉，辜負梅娘苦心一片。

姜夔（豁然介）【白】姜夔明白了！【接唱】《揚州慢》成憑一夢，寫盡人間愛恨綿∞

【起新曲《揚州慢》音樂】

（內場合唱）【新曲揚州慢】淮左名都，竹西佳處，解鞍小駐初程。過春風十里，盡薺麥青青。自胡馬窺江去後，廢池喬木，猶厭言兵。漸黃昏，清角吹寒，都在空城。杜郎俊賞，算而今，重到須驚。縱豆蔻詞工，青樓夢好，難賦深情。二十四橋仍在，波心蕩，冷月無聲。念橋邊紅藥，年年知為誰生。

梅娘（於歌聲初起時已於衣邊平台煙霧中復上介）

姜夔三人（既驚且喜，遙望梅娘身影，跟隨走向衣邊介）

四仙姬（手持儀仗邊舞邊自衣邊上介）

梅娘（與仙姬翩翩共舞，其後於橋上駐足回眸，向姜夔三人微笑介）

姜夔三人（揮手與梅娘告別介）

梅娘（率仙姬於煙霧中什邊下介）

【暗燈】【幕下】【第八場完】　　【全劇完】

五、專文評介

粵劇《揚州慢》劇本閱後隨筆

莫雲漢

雨霽屯門雁報秋，鞍程卻到舊揚州。鋪開籬角紅梅影，商略歌台白石喉。
譜與江山餘半片，黍連烽火滿千丘。煙波十里松陵路，誰記當年一段愁。
附記：姜夔詞有「最可惜一片江山」句，辛棄疾詞有「烽火揚州路」之句。

今日香港，説到姜濤一名，相信十有九人都認識，但說到姜夔，恐怕十人有九人都會茫然。這也難怪，下里巴人，和者自然千萬，就如有井水處，唱的多是柳詞，蘇軾卻最看不起柳永。

年前，我曾有戲作：「誰個姓姜最有名。萬人爭聽拍濤聲。可憐白石沉江側。廿四橋邊月也驚。」是為姜夔抱不平的。不意去年中，胡國賢校長傳來消息，說編就《揚州慢》一劇，九月底上演，並邀觀看。在此滾滾濤聲之際，竟然夔樂（夔為舜時樂官，夔樂，借指雅樂。此處為雙關語）高奏，得聽陽春白雪，所以欣然應約恭賞。

胡國賢校長以往已編撰多齣粵劇，如《孔子之周遊列國》、《桃谿雪》等，是次可謂駕輕就熟。而以文學的人物入劇，早已有李白、白居易、蘇軾、陸游等諸家，姜夔為主角的，前此似未曾有。胡校長無所依傍，獨開新路（《孔子》一劇亦如是），可見其開創之膽識。

歷史文獻中，記載姜夔生平的資料似乎不多，如以之編入劇曲，在下筆取材時，便有所局限；不過，卻反而有更多空間可發揮想像，而小說戲劇之類文學，就多在真實與虛構之間。

英國歷史學者卡萊爾（Thomas Carlyle, 1795-1881）有幾句很妙的名言：「歷史，只有人名是真的；小說，只有人名是假的。」這可能是西方人的牢騷話，在中國，《三國志》是正史，《三國演義》是小說，兩者中的人物姓名相同，而其中的真假，讀者應可辨別。戲曲之《漢宮秋》、《梧桐雨》、《趙氏孤兒》、《帝女花》等，莫不如是。

胡校長的摯友譚福基先生，生前有《蝴蝶一生花裏——八百年前姜夔情詞探隱》一書，胡校長取材於此，「當然，情節、人物增刪虛實之調整，在所難免」（胡校長語）。這固是小說戲劇應有之義，《揚州慢》一劇，便由此誕生。

胡校長曾為「文藝青年」，近年更雅好古典詩詞，不久前出版《倚晚晴樓詩稿》，內有一首言其由新詩轉寫粵劇，其中兩句云：「現代詩風仍納舊，初編粵劇務推陳」。胡校長即以其文學修養，鎔裁今古，所編諸劇，歌詞皆純雅而清新，真能夠做到「古典為貌，現代為神」（胡校長語），即如此劇，化用騷雅的姜詞，而為清暢的曲語，其中幾處：

姜夔【揚州二流】竹西處，遊子解鞍愁日暝，過春風，十里薺麥青，小駐初程，清角吹，在空城，歷劫山河，望有英雄匡正。

……
姜夔【接唱花下句】堪嘆赤欄深處，剩此薄命紅梅8
梅娘【接唱】怕看清苦數峰，商略黃昏陣雨。
……
小紅【小桃紅】暗——香——傲——雪——飄，
眾歌婢（邊舞邊唱介）【接唱】冷枝傲雪搖。
小紅（邊舞邊唱介）【接唱】舊時月色，幾番慰寂寥，自抱孤芳獨幽照。（走近桌旁，向姜夔嫣然一笑，後退續舞介）
姜夔（似見梅娘，愣然並狐疑介）
眾歌婢（邊舞邊唱介）【接唱】人漸老，春風詞未了。
小紅（邊舞邊唱介）【接唱】江國浮泛，贈君寄路遙，綠鬢青衫共宿鳥。

姜夔善把杜牧詩句融入〈揚州慢〉詞中，胡校長亦善把白石詞句（以上數段，出姜詞〈揚州慢〉、〈點絳唇〉、〈暗香〉、〈疏影〉）融入曲中，故此歌詞優雅，不涉俗氣。

至於劇情之增刪，虛實之調整，我覺得最引人遐想，而又最有意義的，是將〈揚州慢〉之曲調一分為二，說此曲南宋初韓世忠將軍進屯揚州時，夫人梁紅玉哀其殘破而作。後來姜夔得其曲之上片殘調，再續下片，並填入新詞，而成全調。

胡校長自言此劇有兩大主線：一是家國之恨，一是兒女之情。劇中一段歌詞：

姜夔【白】其實，四十多年前，韓世忠將軍苦守揚州，力抗金人；夫人梁紅玉忍見此城殘破，因而作了一曲《揚州慢》，以寄哀思；其後岳元帥也曾於獄中彈奏。姜夔有幸自韓府後人習得此曲，獨惜只餘上片殘調，缺略不全。

梅娘【白】敢問公子，何以習得此曲？

姜夔【白】此曲乃是韓府後人教習，可惜只餘上片，不無遺憾！唉，梅娘呀！（離坐介）【春江花月夜】舊樂寄哀情，憶昔奮戰苦傷病，維揚歷劫，全賴有此曲慰心靈。嘆萬里江山怕重認，未得勇夫挽危城，剩譜殘詞孰再聽，空悲國土沾血腥。【浪白】只餘殘調，寧不可惜！

按〈揚州慢〉之小序，是說姜夔於淳熙丙申至日，過維揚，四顧蕭條，感慨今昔，因而「自度此曲」。今劇情改為此曲原為梁紅玉所作，因殘缺而為姜修訂續補，並配以新詞。這便引起我的遐想：就是主線中「家國之恨」，借「半片曲調」來表達。半片曲調，喻北宋淪亡，南宋偏安，當日韓世忠梁紅玉在黃天蕩擊敗金兵，奠定南宋偏安江左一百五十年的基業，但「可惜只餘上片」，是隱喻南宋只得半壁江山也。〈揚州慢〉曲調之上片既為梁紅玉所作，而韓、梁又為抗金名將，梅娘之勉姜夔續作下片，是冀其效韓、梁擊敵復國。劇中一段歌詞，即有此意：

姜夔【接唱連環扣】唉，河山河山那堪沉淪被胡兒強佔，霧擁馬難前。為民為國此心堅。望能仗劍中原，靖烽煙。

梅娘【白】好呀！【滾花】尚望你速返湖州，免卻琴娘佢掛念。此後更要修文習武，效那祖逖揚鞭8

姜夔【白】知道了！【接唱】願隨稼軒不再賞杜郎，發憤仕途，當自勉。

最有意義者，是上片成於梁紅玉之一位女性，而下片亦間接成於另一位女性梅娘，這不禁令人想起南音〈客途秋恨〉中兩句：「你係女流也曉興亡恨，不枉梅花為骨雪為心」，家國之恨，不離兒女之情。不過，稍為哀感的，是劇中末段：

姜夔（豁然介）【白】姜夔明白了！【接唱】《揚州慢》成憑一夢，寫盡人間愛恨綿8（拉腔收）

續成《揚州慢》全調，原來只「憑一夢」，即是重整金甌，唯在夢中可見而已。固然，歷史中的南宋，不能復國，最終是亡於另一外族蒙古。

以上是我的一些「遐想」，未必胡校長之意。清代詞評家譚獻《復堂詞話》有云：「作者之用心未必然，而讀者之用心何必不然。」故未必胡校長之意，想亦無妨也。

半日閻王

——本劇榮獲生命勵進基金會主辦二零二二年第三屆粵劇劇本創作比賽獎

首演：二零二三年一月二十日（一場）

生輝粵劇研究中心（荃灣大會堂演奏廳）

一、創作緣起

半日閻王半月成

——新劇《半日閻王》獲獎有感

桃谿半世苦經營，半日閻王半月成。龜兔難言誰勝負，龍蛇莫辨孰論評。
窄門積雪容君立，樂苑新田待客耕。得失有時緣際遇，狂歌低唱自陶情。

相對我之前三個劇本來說，《半日閻王》可說是即興意到之篇，甚至可以說，是更近乎急就章之作。

話說去年（二零二二年）七月，《揚州慢》劇本剛整理完成，並籌劃排演之際，稍有餘暇，無意發現，生命勵進基金會正舉辦「第三屆粵劇劇本創作比賽」，要求的卻是一個完整的短篇劇，並要創新、輕快。不知怎的，頓然萌起參賽之念，並立時想起，中學期間讀過的一則奇情有趣故事。就此倒篋翻箱，還借助「谷歌」搜尋，終於找到故事原來出處，就是：明代馮夢龍白話小說《喻世明言》第三十一卷的〈鬧陰司司馬貌斷獄〉。故事以超時空手法，把漢初與漢末兩段動亂時代的風雲人物，共冶一爐；半實半虛地描畫人性和歷史，極盡嬉笑怒罵之能事。這不正符合創新、輕快、短篇而完整的參賽要求？

當然，原文屬傳統白話小說，加以雖云短篇，情節卻頗為複雜，涉及人物近百。如何去蕪存菁，寫成一齣長約半小時的粵劇，着實不易。我先決定只選取最關鍵的部分，即：韓信三人狀告劉邦夫婦一案，作為重點，省卻其他枝節。不過，撰作期間，卻又捨不得項羽這角色，尤其由項羽變鬼的奇思妙想，着實令人拍案叫絕；但，原文寫他狀告六名下屬把他出賣，牽涉的人物眾多，過程又與前段審判情節相近，流於重複，亦令篇幅增長，該如何是好？幸而靈機一觸，何不改為項羽「告天」，既符合項羽性格與心態，寫來亦省人省時，更能於唱白對答中，帶出項羽失敗因由，一舉數得。由是，思路打通，終於只用了約兩星期時間，擬成初稿「半日閻王半月成」，率爾操觚，倉卒成篇，無疑已屬異數；誰想真箇能脫穎而出，榮獲獎項，怎不喜出望外！更想不到，大會原來早已安排，把得獎劇本於今年（二零二三年）一月假荃灣大會堂，由一群極具潛質的新秀首演。（文武生更是我極為欣賞的黃成彬呢！）試想想，劇本由構思、創作到首演，前後只消半年光景。其速若此，不啻是異數中的異數！

可不是嗎？《孔子之周遊列國》搜集資料約大半年後才能動筆，再經數月始完成，加上籌備排練，兩年多後才得以首演。而《揚州慢》雖有福基兄《蝴蝶一生花裏——八百年前姜夔情詞探隱》一書作依據，以及構思時和他相互參詳，仍需廢寢忘食，花上兩月時間才完成初稿，並有幸獲杜太賞識，才能於兩年後首演。至於《桃谿雪》，更不消說了！構思於上世紀六十年代末唸大學時期、完稿於本世紀初退休後，苦心經營達半世紀，並經多番改動，始能於二零二一年中搬上舞台。動聽的說，是千錘百鍊；

現實的說，則是百劫千磨……

半月與半世，相距何只天壤！人生如戲，其實戲不也亦如人生？其間際遇得失，又憑誰解辨？但求盡其在我，管他狂歌低唱，但得寄意陶情，言志抒懷則箇。

二、故事大綱

東漢靈帝時，朝政敗壞，賣官鬻爵之風盛行。益州秀才司馬貌雖有才華，亦因家貧，未獲舉薦孝廉，而失意仕途。一夕，憂憤難捺，中宵不寐，乃草成〈怨詞〉一詩，責天罵地，更怒而焚之，以洩胸中不平之氣。其後，終倦極而眠。

誰料詩稿經火焚後，竟為閻王偶然得見。因詩中有：「若是閻王由我作，不教地府鬼含冤」之句，怒而欲勾攝其魂魄降罪；幸崔判官仗義執言，以其有才方可恃，何況地府真有至今未能判決之滯獄，建議閻王可讓其一試。

原來該滯獄涉及三百五十年前漢初一段公案。開國功臣韓信、彭越、英布三人因功高震主，先後為劉邦、呂雉設計以謀犯罪誅殺。三人死後，乃到地府狀告劉氏夫婦。惜因各執一詞，逾三百年仍未能斷案。

閻王遂聽從判官之議，請鬼卒迎接司馬藐到地府，並許其代作半日閻王，審理該案，以試其才智。

司馬藐面對漢初多名曾叱吒風雲之人物，竟毫無懼色，並能以情理一一判斷，更讓韓信等三人投胎為漢末三國之主，三分劉氏天下，以為報應。期間項羽忽然闖入告天，亦獲司馬藐安撫，並細加提點。

閻王由是大悅，更許以三分天下盡歸司馬氏為報。

三、主要角色、行當及首演演員

司馬貌（文武生，黃成彬飾）：

東漢靈帝時益州才子，學廣思精；因家貧未獲舉孝廉，憤而成詩，責天罵地，獲閻王讓出半日權位，代審滯獄，一展所長。

閻王（武生，符樹旺飾）

崔判官（丑生，沈栢銓飾）

韓信（小生，許家琪飾）

彭越（小生二，袁偉傑飾）

英布（小生三，鄺純茵飾）

劉邦（武生二，梁小飛飾）

呂雉（花旦，林子青飾）

項羽（武丑，郭啟煇飾）

四、劇本

人物：

（分場一）司馬貌

（分場二）閻王、崔判官、司馬貌、韓信、彭越、英布、劉邦、呂后、項羽、眾鬼差

布景：

（分場一）寒齋景。一桌、一椅、一燭、一小火盆。

（分場二）閻王殿景。

【排子頭起幕】【落中幕】（寒齋景）

司馬貌【老鼠尾】心緒亂，思緒亂，未遂我大志凌雲願。嘆苛捐重稅誰箇能為民伸冤。堪笑朝廷把官爵定價錢，哀我寒儒怎得獲孝廉。天生逸才奈何俗世多倒顛，誰代解蒼生怨。【轉長二王】莫道窮達本由天，世運淪夷誰可辨，善人無善報，奸佞享天年，我若作閻王，定要把乾坤，【轉合尺花】定要把乾坤，重扭轉。【白】小生司馬貌，表字重湘，益州人氏。幼習詩書，過目不忘。惟恨朝廷腐敗，公然賣官鬻爵。怨我家貧，空抱滿腹珠璣，終亦孝廉難舉。（介）今夜月黯星沉，不期有感，草成〈怨詞〉一首，聊寄心聲則箇。（埋案取詩介）【合尺花下句】天若有情應鑑我，還將詩稿化青煙8人間萬事總不平，信是地府也深埋千聲怨。（焚稿介）如今稍息心頭憤，不覺神疲意倦，困思眠8【拉尺字腔收】（伏案入夢介）

【暗燈】

【起中幕】（閻王殿景）

閻王（手執詩稿介）【詩白】若是閻王由我作，（介）不教地府鬼含冤，（介）不教地府，【重一才】鬼含冤8【的的撐重三才】（怒白）唉吔，可怒也！（大花）何物司馬貌，竟妄想作閻王，【一才】叫鬼差，將佢魂魄勾來，審問於森羅殿。【白】鬼差聽令，快把司馬貌魂魄勾來！

判官（急阻止介）【白】閻君，且慢！【花下句】書生有才方可恃，何況……

閻王【攝白】何況甚麼？

判官【接唱】何況地府果有滯獄存8

閻王（狐疑介）【白】滯獄？究是甚麼案卷呀？

判官【白】敢問閻君，可記否三百五十年前，漢初君臣嘅公案？

閻王【白】呀！可就是韓信三人狀告劉邦夫婦一案？

判官【白】正是！

閻王【白】三百多年來佢哋各執一詞，至今尚未斷定誰是誰非。

判官【白】既然司馬貌自詡「不教地府鬼含冤」，何不讓他試試！

閻王（思索介）【白】孤王明白了！【花】速把狂生魂魄勾來，【一才】【攝白】呀，唔係！【續唱】快把書生魂魄請來，於殿前相見。

二鬼差【白】遵旨！（什邊同下介）

司馬貌（內場）【追信頭】駕輕煙，飄飄似謫仙。（隨二鬼差什邊上介）（見閻王、判官等驚愕介）【白】這是什麼所在？

判官【白】這就是森羅寶殿！我就係崔判官。（轉向閻王）呢位就係閻君啦！

司馬貌（吃驚介）【口古】莫非我陽壽已完，魂歸陰司地面。（介）惟是適才鬼差對我諸般客氣，更不見枷鎖身纏8（介）

閻王（趨前介）【白】司馬公子！【花下句】今宵你寫下豪情句，孤王讀罷也動心弦8惟是你竟妄想代孤王，究有何德何能，如斯氣燄。

司馬貌【白】閻君呀！【接唱】書生運蹇難舒志，獨恨人間欠青天8上天無路若是地有門，用武自能知俊彥。

閻王【白】好大口氣嗜！好啦！【口古】既然如此，地府如今正有一宗滯案，孤王就請先生代為判斷。（介）我願讓出半天權位，煩君代審一段滯獄奇冤♂（介）若能判得公正，便許你還陽，享盡人間貴顯。

（介）若然不公斷獄，【一才】

司馬蒑【攝白】那又如何？

閻王【續口古】便要打落十八層地獄，上刀山，落油鑊，備受熬煎♂【白】如何？

司馬蒑（興奮介）【白】好呀！【轉詩白】陽世未得囊錐脫，（介）但向陰司，（介）露鋩尖。【拉腔收】【白】小生從命！

閻王【白】如此說，且隨鬼差到後殿整裝去吧！

司馬蒑【白】謝！（二鬼差衣邊同下介）

閻王、判官（同向衣邊遠望介）

判官【白】閻君呀！【花下句】只見佢在孽鏡台前多姿整，皆因奸人鏡內會原形畢露，佢就更風度翩翩♂還在肅整衣冠，未及升堂登殿。

閻王（會心微笑介）【接唱花下句】凡人有幸臨冥界，十八層地獄樣樣新

鮮8水鬼難得升城隍，且讓書生一遂閻王願。【白】孤王還是到後殿
迴避也罷！（欣然衣邊下介）

司馬蒻（內場）【白】來了！

（鬼卒、判官等已排班就位）

判官【白】升堂！

司馬蒻（改換閻王裝扮衣邊復上介）【詩白】半日閻王誰不懼，（介）伐柯
操斧，（介）法則存。【一才】（轉向判官）【白】將一干人等帶上殿
來。（埋坐介）

判官【白】呔！閻君有命，一干人等帶上殿來！

（韓信、彭越、英布隨鬼差衣邊上介）

（劉邦、呂后隨另一鬼差什邊上介）

（五人立而不跪介）

司馬蒻（怒拍驚堂木介）【白】我呔！何以你等上到殿來，不跪不參，還
不速速下跪？

韓信（趨前介）【白】我等身為原告，更是一代名將名臣，豈有屈膝之理？

劉邦（亦趨前介）【同白】你雖是陰間一殿之主，我倆亦是陽世本朝開國帝后。地位不相上下，又何需下跪。

司馬蕤（暗吃一驚介）【白】哎吔！【另場長花下句】未訊眼前人，竟被佢哋君臣鋤氣燄，怪不得閻王話滯獄難處斷，漢初延誤至今已逾三百年，唯有隨機來應變，未教螻蟻，渾身纏8（轉向韓信三人介）汝等且逐一報上名來，順把冤情訴算。

韓信（搶先走前作揖介）【白】在下齊王韓信，狀告劉邦夫婦！

司馬蕤【白】狀告何罪？

韓信【白】閻君容稟！【木魚】昔日棄楚歸漢依舊才難展。韓信無奈整歸鞭8誰料蕭何月下將我勸。才得以登壇拜將掌兵權8赫赫戰功誰不羨。耿耿丹心自鑑天8豈料漢王不把我嘅功勞念。呂后更於未央宮內設計殺忠賢8【白】我韓信敢指天為誓，從未有半點叛逆之心，惟是漢王夫婦忌才，誣我造反，令我含冤而死，好不冤枉呀，閻君！

司馬藐【沉花下句】唉吔吔，劉邦佢無情無義，呂后更蛇蝎心存8（轉向劉邦、呂后介）【白】你倆尚有何話說？

劉邦【白】閻君，冤枉呀！【花】兔死狗烹由來慣，弓藏鳥盡自古然8何況佢功高蓋主會亂朝綱，寡人先發制人，原是師句踐。【白】我都係效法嗰個越王句踐啫！

呂后（冷笑介）【白】無錯啦，閻君！【接唱】人不為己天誅地滅，忘恩只為自圖存。且問一句齊王，（指向韓信介）當日你問路斬樵，又可曾心生愧念。（三批介）

韓信（低頭無言介）

司馬藐（盛怒介）【白】我呸！【另場接唱】狡婦如簧口舌，（回看韓信介）惟是韓信亦啞口無言8罷罷罷，舉世紛紛，獨欠慈悲一念。（轉向眾人介）【口古】韓信雖有不是之處，惟是他對漢王始終是丹心一片。（介）你倆把功臣濫殺，實在罪大彌天8（介）【白】容後判決，站過一旁。

韓信（揖謝介）【白】拜謝閻君英明！（歸位介）

劉邦、呂后（歸位仍忿忿不平介）【白】哼！

司馬藐（轉向彭越、英布介）【白】然則你們二人又有何冤情呀？

彭越（趨前作揖介）【白】閻君，在下梁王彭越，亦有冤情稟上呀！【二流下句】痛陳冤案，禁不住淚血涓涓8呂后素性荒淫，趁漢王征邊去遠。徵召俺入宮議事，竟然挑逗筵前8俺大義凜然，慘遭亂錘暗算。更把我煮成肉醬，誣俺謀反罪滔天8三族盡誅屠，【一才】【轉合尺花】慘絕人寰，佢真箇獸心人面。

司馬藐（激動介）【白】我呸！【花下句】世間竟有此狼毒婦，説甚母儀天下盡枉然。【一才】（轉向呂后介）我問一句呂娘娘，你尚有何辭自辯。

呂后（傲然介）【白】閻君呀！【接唱】從來只有男欺女，幾曾見過女子把男纏8彭越佢色心叛意罪當誅，更含血噴人殊卑賤。

劉邦（認同介）【白】閻君呀！【接唱】夫妻患難同甘苦，未信佢不修帷薄亂重簾8望閻君明察秋毫，將案斷。

司馬貌（惱恨介）【白】孤王自有主意！站過一旁。（轉向英布介）然則，你又有甚冤情呀？

英布（趨前執禮介）【白】閻君，在下九江王英布，同樣要狀告漢王、呂后！

司馬貌【白】狀告何罪？

英布【白】閻君呀！【嘆顏回】把忠臣殺誅，問天理何存，問天理何存。忍將屍首煮作肉糜，向官家獻，更奉派各宮苑。【白】當日我不知就裏，初嘗肉羹，卻發現內藏斷指，追問來使，始知，（沉痛介）唉，始知是梁王血肉，不由得嘔吐大作，竟吐出小蟹一群，就是如今嘅蟛蜞呀，閻君！【一才】我因而怒斬來使，更狀告呂后，誰料反遭誣陷與梁王合謀作亂，凌遲處死！【的的撐重一才】真箇冤呀枉！

司馬貌（激動介）【白】唉吔！【快花下句】衝冠一怒怒火燃8【一才】（轉向劉邦、呂后介）【轉慢】敢問你二人，何以如此辣手狠心，把功臣盡剪。

劉邦（趨前從容介）【白】閻君呀！【接唱】君威不立，何以震懾中原𠺢

呂后（趨前得戚介）【白】無錯啦！【接唱】我哋要殺殺殺，殺盡賊子亂臣，才保得江山久遠。（與劉邦施施然同歸位介）

司馬貌（盛怒介）【白】我呸！（水介）【快中板下句】難容歪理與胡言𠺢保位護權萌私念。良心喪盡罪大彌天𠺢【一才】警惡懲奸，且看我驕人手段。【詩白】宿世由來孽與冤，今生因種他生緣。恩仇報應原不爽，且聽半日閻王，（介）金石言。（轉向判官介）【白】崔判官，且把判辭一一記下。

判官【白】領旨！（執生死冊、判官筆旁立待寫介）

司馬貌【白】韓信聽判！

韓信（趨前介）【白】在！

司馬貌【減字芙蓉下句】漢室江山憑你建，含冤枉死實堪憐𠺢判你託身作曹操，半壁河山由君佔。惟是終身你不能稱帝，以示無叛漢野心存𠺢【浪白】你就投胎為曹操，挾天子以令諸侯啦！

韓信（叩謝介）【浪白】謝閻君！（退後復位介）

司馬貌【浪白】彭越聽判！

彭越（趨前介）【浪白】在！

司馬貌【續唱減字芙蓉】你為人正直不阿，坐懷猶不亂。判你託身為劉備，蜀中稱帝把漢祚延8更賜你良將與賢臣，同把功勳建。【浪白】你就投胎為劉備，於西蜀稱帝，為漢室稍延命脈。

彭越（叩謝介）【浪白】謝閻君！（退後復位介）

司馬貌【浪白】英布聽判！

英布（趨前介）【浪白】在！

司馬貌【續唱減字芙蓉下句】你重國重家還重友，人間少見嘅大英賢8漢室天下全仗你三人，好啦，許你哋將漢土來分佔。判你託身江東地，一方豪傑是孫權8【浪白】你就投胎做孫權，在東吳立國，三分漢家天下。

英布（叩謝介）【浪白】謝閻君！（退後復位介）

司馬蕤【浪白】劉邦聽判！

劉邦（不情願趨前介）【浪白】在！

司馬蕤【續唱減字芙蓉】你前世君欺臣，來生應受臣辱玷。朝夕心驚和膽戰，度日嘆如年∞判你託身作末代君，謚號為漢獻。

司馬蕤【白】呂雉聽判！

劉邦（不忿退後介）【浪白】哼！

呂后（不情願趨前介）【浪白】在！

司馬蕤【續唱減字芙蓉下句】你荒淫和嫉妒，忠臣枉殺慣弄權∞判你託身作獻帝妻，同受欺凌於內苑。前世恩仇他生了，循環果報理當然∞

呂后（不忿退後介）【白】哼！

司馬蕤【轉花】就此退堂，各自準備投胎轉。

項羽【內場叫白】且慢！（沖頭什邊入介）【白】叩見閻君！

司馬蕤（驚疑介）【白】來者何人？

項羽【白】江東項羽！

司馬藐（恍然介）【白】哦！原來是西楚霸王，你可有冤情申訴？

項羽（傲慢介）【白】這個當然！

司馬藐（狐疑介）【白】那你要狀告何人？

項羽（激憤介）【白】我，我要告天！

司馬藐（愕然介）【白】告天？你告天何罪呀？

項羽【白】閻君請聽呀！【俺六國】憶楚漢相爭局面，俺是楚霸率子弟八千，神力能扛鼎沖霄氣燄，只恨天嘆天意逆轉，被困於垓下，烏江了斷。【叫頭】罷了，罷了你個蒼天呀！

司馬藐【白】霸王，你嘅牢騷，孤王明白！孤王明白！【七字清中板下句】可知顏回嗟命短，盜拓卻壽延8天意弄人誰可辨。盡其在我自釋然8若非你自用剛愎，不聽賢臣勸。何至親離眾叛失山川8你莫再怨天尤人，尚望反思自檢。【浪白】當日你棄韓信、罷范增，足見你用人不善。繼而殺義帝，焚咸陽，更失盡民心。你，你復有何言？（惋惜介）

項羽（恍然介）【白】俺又明白了！【接唱】聆雅誨，醒迷團8空有神威可與萬人戰。竟無良策足以定中原8逐鹿不甘重土捲。愧我不屑學書盡枉然8來生願為社稷獻，精忠報國責承肩8但得苦讀《春秋》，了解人情世變。【拉腔收】

司馬藐（喜極介）【白】難得項王醒悟，且前來聽判！

項羽（欣然趨前跪介）【白】在！

司馬藐【白】念你覺悟前非，特判你託身為關羽，改姓不換名，好輔助漢室江山。

項羽（叩謝介）【白】謝閻君！（退後復位介）

司馬藐【白】好呀！（轉向判官介）【白】有此人來，領眾魂降生去吧！退堂！

判官（揖辭介）【白】遵旨！（與眾鬼差率眾魂什邊同下介）

閻王（滿心歡喜衣邊復上介）【白】判得好！判得妙！

司馬藐（欣喜介）【白】謝閻君褒獎！

閻王（微笑介）【白】惟是，尚欠一小節，美中不足！美中不足！

司馬藐（狐疑介）【白】美中不足？閻君，此話怎解呀？

閻王【花下句】且問你三分天下最終憑誰收拾，豈能長年兵禍連累萬民煎8

司馬貌【接唱】由來亂世出英雄，際會風雲自有龍虎現。

閻王【白】幾時至等得嚟吖！不如咁啦，【接唱】不如三國盡歸你司馬氏，

【一才】

司馬貌（吃驚介）【白】吓！唔得嘅！

閻王【續唱】殘棋一局，正好待君圓8【拉腔收】【白】最後就由你嘅子孫統一番個天下啦！就是這個主意！哈哈哈！（朝衣邊下介）

司馬貌（茫然不知所措追前介）【白】閻君，閻君……

【幕下】【全劇完】

五、專文評介

從粵劇到中文教學
——胡國賢新編粵劇《半日閻王》的啟示

曹順祥

《半日閻王》短篇粵劇，是胡國賢繼《孔子之周遊列國》、《桃谿雪》、《揚州慢》後的力作。此劇跟傳統粵劇有異有同，而值得青年學生觀賞，或可為中學語文、文學和戲劇教學，增枝補葉，裨益學子。

戲劇是文學體裁之一，向來是語文、文學科課程的學習材料，例如曹禺的《雷雨》、《日出》等。而戲劇演出則是綜合型的藝術，在娛樂功能之外，優美的演出，也可以兼具教育功能。目前教育局精選給中學生的劇本，形式主要是「話劇」，語言主要以書面語（白話文）撰寫，也有採用廣州話的。

本文認為，粵劇在香港發展已打下良好基礎，而粵劇的「文本」比較獨特，一般以淺白的文言文表達，以粵語（廣州話）演繹。因此，若「粵劇文本」能達到一定水準，當有助提升學生在語文、文學科目的學習動機，由於兼有歌唱和演出的配合，也更容易產生共鳴。

在香港，傳統粵劇當以唐滌生的創作為轉捩點，應無異議。唐氏一系列改編自元代雜劇、明清傳奇的作品，其中最為膾炙人口的《帝女花》、《紫釵記》、《再世紅梅記》、《牡丹亭驚夢》、《蝶影紅梨記》、《九天玄女》等，幾乎成了粵劇的代名詞。

唐滌生短暫的一生，在粵劇發展史上寫下了最光輝燦爛的一頁，他讓粵劇的發展和創作在上世紀五十年代進入了最輝煌、最鼎盛的時期，培育了一代又一代的粵劇演員，更帶動了潮流，吸引了無數的粵劇愛好者和觀眾。

一直以來，香港藝發局不遺餘力地支持本土藝術，而粵劇發展基金也積極推動粵劇創作，在這批參與創作的生力軍當中，胡國賢雖是後起之秀，卻已有後來居上之勢。

胡國賢以新詩名家，筆名羈魂，曾是知名中學校長。近年，他專注編寫粵劇，先後寫出了《孔子之周遊列國》、《桃谿雪》、《揚州慢》和《半日閻王》。這些劇本都已經搬上舞台，成為可以獨立欣賞的表演藝術。如果細看這些劇本，不難發現，這些劇本固然是舞台演出的「腳本」，屬於表演範疇；可是，它亦同時兼具「閱讀文本」的語文文學功能，情況就如《雷雨》已出版單行本，供讀者閱讀欣賞。

本文認為，在香港粵劇發展史上，從唐滌生到胡國賢，或可從「文學」角度來看看它的意義。

在中國文學發展史上，從詩到詞，從詞到曲。如果單以「詞」的發展來看，曾經歷了不同發展階段，著名詞學家葉嘉瑩教授曾把它精闢地概括為三個重要階段：「歌辭之詞、詩化之詞、賦化之詞。」在《南宋名家詞講錄》中，葉氏對詞的分類和發展，提出了這樣的論斷：「柳永作為音樂家，是這種轉變的高手，但他寫的依然是歌辭之詞。形式影響內容，蘇東坡以它來抒情言志，寫出了詩化之詞，這是思想內容上的變化。」從中可見，蘇東坡曾令詞學為之一變。

回過頭來，不妨來看看粵劇「文本」的變化。

不管是思想內容，還是從題材的開拓上，胡國賢已經在唐滌生的基礎上逐步擴大，例如刻劃歷史人物，概括儒學至聖重要事蹟的《孔子之周遊列國》，歷史感相當強烈的《桃谿雪》，歌頌詞聖姜白石愛情的《揚州慢》，以至新近上演、改編自馮夢龍短篇小說《三言》的《半日閻王》。當中又有或顯或隱，呈現的憂患意識，讓人不得不反思當代社會千奇百怪的現象，諷世勸世的主題已相當明顯。可以見出，這些新編的粵劇已慢慢發展出新的方向。

《易經．繫辭下》說：「窮則變，變則通，通則久。」一切事物發展到極點、窮盡的時候，就必須求變化。粵劇當然不能例外。

首先，中國傳統的詞學發展，到了柳永，大抵已經完全成熟。「凡有井水處，皆能歌柳詞」，宋代葉夢得《避暑錄話》對北宋詞人柳永的經典評述，見出宋詞若仍然停留在「歌辭之詞」的階段，恐怕已是燈火闌珊了。大才子蘇東坡勢必要走出一條新的路子來。香港粵劇，是不是也需要在唐滌生的基礎上再進一步？

其次，語言文字的運用上，詩人胡國賢撰寫的粵劇「文本」，似乎更具古典韻味，而閱讀功能更為明顯突出。這也許跟創作者本人的學養才情有關。這不妨留待將來再探討。

數十年來以新詩名家的胡國賢，近年已少發表新詩，轉向出版古典詩集，去年出版的《倚晚晴樓詩藁：胡國賢古典詩集》，與此不無關係。如何將淺易的文言融入戲曲文本之中，而又能「不隔」（王國維《人間詞話・境界說》）？這需要相當的才具、學養，若非對語言文字具有精熟的把握，如何能處理得恰到好處？上面談及的，柳永寫的仍然是「歌辭之詞」，而蘇東坡寫的是「詩化之詞」。粵劇從唐滌生到胡國賢，從劇本到文本，或更接近可以獨立欣賞的「閱讀文本」。這個可以獨立欣賞的「閱讀文本」，不僅可用於粵劇舞台上演出，同時也兼具「閱讀文本」的教育功能。

為了闡釋的方便，下文試以《半日閻王》為例，簡述此劇「文本」的一些學習元素。限於篇幅，只作簡單舉例。

■主題深刻，以古鑑今

劇本呈現了社會上的不公不義：苛捐重稅，賣官鬻爵，朝廷把官爵定價錢，無人能解蒼生怨。只見善人無善報，奸佞享天年。

司馬貌【老鼠尾】心緒亂，思緒亂，未遂我大志凌雲願。嘆苛捐重稅誰箇能為民伸冤。堪笑朝廷把官爵定價錢，哀我寒儒怎得獲孝廉。天生逸才奈何俗世多倒顛，誰代解蒼生怨。【轉長二王】莫道窮達本由天，世運淪夷誰可辨，善人無善報，奸佞享天年，我若作閻王，定要把乾坤，【轉合尺花】定要把乾坤，重扭轉。

劇本也呈現了個人命運之不濟：劇中以獨白方式提出控訴：「小生司馬貌，表字重湘，益州人氏。幼習詩書，過目不忘。惟恨朝廷腐敗，公然賣官鬻爵。怨我家貧，空抱滿腹珠璣，終亦孝廉難舉。」「天若有情應鑑我，還將詩稿化青煙。」在封建時代，在百思不解之中，一介書生，恐怕只得以焚詩稿的方式表達冤情，這是第一層。

「人間萬事總不平，信是地府也深埋千聲怨。」由人間的不公，推演至陰曹地府，信亦有千聲怨，這是另一層。判官「敢問閻君，可記否三百五十年前，漢初君臣嘅公案？」地府尚且有冤獄滯獄，何況人間？這又是另一層，如此境況，實在令人深思！

■人物性格，鮮明突出

人物形象的塑造，常是小說戲劇表達主題的重要手法。當中，司馬貌義正辭嚴的形象，最令人難忘：「若是閻王由我作，不教地府鬼含冤」。而閻王在閱畢詩稿後的反應看來，也的確合乎暴君的形象：

【怒白】唉吔，可怒也！【大花】何物司馬貌，竟妄想作閻王，【一才】

叫鬼差，將佢魂魄勾來，審問於森羅殿。【白】鬼差聽令，快把司馬貌魂魄勾來！

可是，當判官提醒閻王「既然司馬貌自詡『不教地府鬼含冤』，何不讓他試試！」閻王稍加思索，即回應道：

孤王明白了！【花】速把狂生魂魄勾來【一才】【攝白】呀，唔係！【續唱】快把書生魂魄請來，於殿前相見。

此時的閻王，又是非常通情達理。從「勾來」到「請來」，用詞不同，態度自異。可見惜才重才之意，與「不解蒼生怨」的人間帝王，反襯何其鮮明！不獨如此，閻王是個禮賢下士、知人善任的明君，且看：

【花下句】今宵你寫下豪情句，孤王讀罷也動心弦８惟是你竟妄想代孤王，究有何德何能，如斯氣燄。

司馬貌面對地府閻君，竟也毫無懼色，見出士人錚錚風骨：

【白】閻君呀！【接唱】書生運蹇難舒志，獨恨人間欠青天８上天無路若是地有門，用武自能知俊彥。

至此，閻王縱然批評司馬藐自負，卻又樂見其代審數百年的滯獄奇冤，並再次顯出其威權本色，令人心生畏懼。

閻王【白】好大口氣嚡！好啦！【接唱】我願讓出半天權位，煩君代審一段滯獄奇冤8若審得公正嚴明，便許你還陽，更享盡人間貴顯。若然不公斷獄，【一才】

司馬藐【攝白】那又如何？

閻王【續唱】便要打落十八層地獄，上刀山，落油鑊，備受熬煎8

【白】如何？

可是，司馬藐也沒令人失望，倒也毫不畏縮，堅定地唱出：

【白】好呀！【詩白】陽世未得囊錐脫，（介）但向陰司，（介）露鋩尖。

（拉腔收）【白】小生從命！

在暫時「讓位」之前，閻王對滿腹經綸的才子也照顧得相當周到，竟留意他在後殿如何整裝。由此可見，閻王真是個既有威嚴，處事果斷，毫不苟且，又能禮賢下士的明君。

■餘論

《半日閻王》劇本的佳處，當然不只於此，限於討論焦點，只能就此打住。

以下略談粵劇跟語文學習的關係。

首先，在目前高中十二篇必修範文中，至少有幾篇是借古諷今之作，例如蘇洵的〈六國論〉，以六國破亡之事，暗諷「天下之大」的北宋，勿重蹈賂秦而亡之覆轍。杜甫〈登樓〉一詩，以「可憐後主還祠廟，日暮聊為梁甫吟」，暗諷唐朝代宗任用宦官，朝政日非。南宋辛棄疾〈青玉案〉以「那人」自喻，暗諷南宋朝廷醉生夢死，不思振作。然而，學生真能明白「借古諷今」的意涵及其精義嗎？粵劇作為傳統戲曲的一支，通過「故事」形式的嶄新演繹，學生毋須埋首書堆，便能理解「借古諷今」的表達及其作用。

其次，在人物性格方面，高中十二篇必修範文有〈廉頗藺相如列傳〉

和〈論仁．論孝．論君子〉，人物的性格相當鮮明突出，可是，課時畢竟有限，即使再生動的解說，也未必能呈現戲劇的良好效果。因此，如能配合戲劇演出，應能更加深刻理解。本文認為，《半日閻王》可以作為學生「文本閱讀」，如情況許可，不妨同時安排觀賞演出，增加學習趣味。既可閱讀文學文本，又能了解傳統戲曲，傳承中國文化，可謂意義非凡！

初中三年級有「小說戲劇」單元（例如某教科書選入杜國威的《人間有情》），高中有「戲劇選修單元」，都可以考慮加入粵劇文本。

本文建議教育局課程發展處、中文文學教科書的編者，不妨把文質兼備的粵劇文本，節選加入中文學習材料和中文教材之中。學生藉此可學習淺易文言，當要表情達意、下筆為文時，用語自然更加精煉準確，深信這些粵劇文本，能為學生帶來新的體驗，進而能提高學生的閱讀興趣和學習效果。

六、其他評介及詩作

評介（節錄）

——謝謝昨午的好戲！您的《半日閻王》十分精彩，只半小時，人物眾多，講因緣果報，不落俗套，唱詞雅俗共賞，舉重若輕，真高手也！（康一橋）

——劇本有創意，真真假假的歷史混在一起，有趣又有意思。曲詞和曲譜都很好，是「超班」的作品。半小時多的濃縮版，其實可以編成加長版。請胡校長努力，把《半日閻王》編成長劇。我相信一定是齣好戲。（林瑞馨）

——《半日閻王》故事有趣，有出人意表之處，有戲味之外，又有寓意。趣味盎然。（廖小紅）

——胡國賢校長創作的《半日閻王》最出色，無論創作、編劇、題材、選曲、配詞、教育及藝術傳承等方面，均表現出眾。讚！（湯寶珍）

——十分精彩的粵劇。胡老師才華洋溢，讓人敬佩。（趙嘉文）

——胡老師的大戲幽默有趣，有新意，真好。（鍾偉民）

——胡校長編劇真一絕，風趣幽默，全無冷場，很開心欣賞了一齣高質粵劇！（某觀眾）

——胡國賢校長編撰的得獎粵劇作品《半日閻王》演出，以三國群雄故事作背景，歌曲動聽，唱做俱佳，實至名歸。曲詞優美，黃成彬唱做俱佳。此齣短劇應大力推廣介紹。（譚國雄）

——《半日閻王》劇情精簡，但深刻描劃了人性之醜惡，有意思。（徐蓉蓉）

——《半日閻王》很受歡迎，故事情節出人意表，你的創作很成功。如果能加入受歡迎的主題曲，效果更佳。胡校長確是粵劇罕有的人才！（古學俊）

——《半日閻王》情節新穎，風趣幽默，生動活潑，全無悶場，絕佳編劇！（劉奕熙）

詩作（選輯）

與家人年廿九共賞拙劇《半日閻王》記樂

胡國賢

三代同堂觀戲時，初編短劇信咸宜。幼孫未諳分邪正，稚女還知笑怪奇。
共賞新聲聲裊裊，休傷歲暮暮遲遲。廉頗老矣猶能飯，半日閻王自有為。

《半日閻王》偶觸

曹順祥

怨詞一紙亦尋常，豈似峨冠各偽裝。塵海公卿癡蝶夢，陰曹鬼物笑書狂。
秀才營役終身苦，帝后饕殘百代殃。斷獄難翻惟妄執，千秋那得活閻王。

乙篇、粵曲

一、少陵秋興（平喉獨唱曲）

——此曲榮獲「萬千聲音眾志一心」第二屆全球粵曲創作比賽金獎

【士工首板】嘆清秋，獨上層樓仰首。

【士工慢板下句】傷心望，望夔州，城高急暮，不盡江水東流⑧峽猿啼，叢菊淚，塞上風雲，隱約天寒，地瘦。

【詩白】此際千家山閣靜，惆悵坐江樓。

【禪院鐘聲】猶憶雲移雉尾，龍鱗日繞三叩首，君恩浩蕩，獻賦蓬萊十數秋，滄江一臥白了少年頭。沉吟莫記綵筆妙秀，往昔繁華盡收，青衫依舊，江山錦繡，何堪憶劫後，我獨對楚天瘦，此生飄泊萬里隔絕倍添暮歲憂。

【白】唉！

【嘆顏回】嘆山河變色，孰主那沉浮，恨安寇胡酋，兵燹忍見萬家痛離流，顛沛，落拓遠方走。

【叫頭】罷了蒼生、社稷呀！

【乙反長二王下句】無語哭神州，內亂甫平，豈料臨邊寇，野田種恨，荒隴埋愁，馬嘯車轔鼙鼓奏，惟嘆生男隨百草，生女難得，比鄰投⑧怨一句天地不仁，【一才】

【轉合尺花】唉，天地不仁，萬物為芻狗。

【血淚花】盈眸，盈眸，酸淚透，痛干戈，永不休，愧無策，把乾坤挽救，客萬里，他鄉倍悲秋。

【反線中板下句】故園心，孤舟一繫，飄飄何所似，天地一沙鷗⑧搖落嘆秋深，不是宋玉多情，悵悼靈均，眉鎖皺。燕子故飛飛，漁人還泛泛，江湖滿地，客添愁⑧百年世事不勝悲，文武衣冠異昔時，金鼓震長安，烽煙憐劫後。請看月上藤蘿，映照洲前蘆荻，魚龍寂寞，冷江秋⑧

【轉士工花】萬方多難此登臨，遙望京華依北斗。可憐日暮吟梁父，空教古柏，獨抱恨悠悠⑧

附錄：

拙曲〈少陵秋興〉獲全球粵曲創作比賽金獎記樂

胡國賢

少陵秋興曲，編撰攀原玉，參賽萬千聲，幸然能中鵠。
拙才青眼垂，老驥甘馳足，粵藝共弘揚，梨園容雅俗。

重讀去年拙曲獲獎記樂詩有感

去年歌子美，今歲演桃谿，虎度窺門慎，梨園舉步迷。
當知天地闊，還覺學才低，圈檻欣無隔，氍毹樂與攜。

二、教育局音樂科粵曲教材

1 三小豬・上篇（平子喉合唱曲）

豬爸【白欖】我家有三隻小肥豬，兄弟情深共相處。

豬媽【接白欖】一家五口樂融融，聚首一堂多喜氣。

豬爸【接白欖】但係為咗你哋嘅將來，你哋要獨立搬開住，搬開住。

大豬、二豬、三豬【同唱懷舊】我哋三隻小豬豬，自小無別離。點解要分開各自主，爸媽主意確離奇。

【同白】係咪我哋唔乖，要趕我哋扯呀？

豬媽【白】唔係！

【正線士工滾花上句】你哋三個都咁有孝心，我哋都唔知幾咁歡喜。

惟是而家你哋已成人長進，就要學吓獨立自持㸃

豬爸【白】無錯啦！

【接唱士工滾花】你哋要各自起屋，不辭力氣。千祈咪馬虎了事，否則就難以安居㸃

豬媽【白】係啦！

【接唱士工滾花】仲要兄弟相互扶持，團結一致。

豬爸【接唱士工滾花下句】遇有危艱更要憑機智，方可化險為夷㸃

大豬、**二豬**、**三豬**【同白】好呀！

大豬【無錫景】別離謝過雙親勉勵詞，我哋願意去嘗試。

二豬（接唱）各自建設新居，擋風遮雨避雪雷。

三豬（接唱）爸媽訓諭，自當切記恪守莫妄為。

豬爸、**豬媽**（同接唱）你哋三兄弟，要永伴倚，永扶持。

眾（同接唱）面共對困難相依相寄。

2 白雪紛紛何所似（平子喉合唱曲）

謝安【小桃紅】一家暢歡樂聚此，

謝朗【接唱】觀賞雪景悅更怡。

謝安【接唱】春寒共賦詩，杯酒最神馳。

謝道韞【接唱】妙句佳篇，頓添詩意。

【開邊鑼鼓】（大雪驟降介）

謝安【白】哦！

【士工滾花上句】俄然雪驟漫天翻，敢問紛紛何所似。

【白】難得春雪驟臨，汝等又有何聯想呀？

謝朗（思索介）【白】嗯！

（醒悟介）【白】呀！我諗到啦！

【接唱士工滾花下句】撒鹽空中差可擬，四散飛揚欲沾衣8

【白】春雪滿天，有如空中撒鹽，庶幾近矣！

謝道韞【白】近則近矣，惟是……

【接唱士工滾花上半句】惟是白鹽厚重雪輕飄，【一才】

謝朗【攝白】如此說，賢妹又有何佳喻呀？

謝道韞【續唱士工滾花下半句】未若柳絮因風起。

謝安（大喜介）【白】呵呵！真係好句、好句呀！

【接唱士工滾花下句】勝雪吳鹽已堪誇讚，竟有高才詠絮，世稱奇𝄌

3 鷸蚌相爭（平子喉合唱曲）

漁夫【白欖】有隻海蚌想曬太陽。佢閒臥沙灘把殼張。誰料飛來一隻鷸鳥，看到肥肉就要啄。海蚌急忙將殼合，鷸鳥長喙就殼內藏。大家相持不下氣氛僵。更爭論一番，互逞強，互逞強。

鷸鳥【七字清中板下句】晴不雨，艷驕陽𝄌海蚌若未能歸海浪。肉身會臭腐葬沙崗8知機你重將殼開敞。可免殘軀烈日亡8善意相規，回頭是岸。

【浪白】勸你快將蚌殼打開，以免熊熊烈日，將你曬乾呀！

海蚌【接白】你唔使嚇我嘅，你而家咪一樣自身難保！

【七字清中板下句】小鷸鳥，莫輕狂8今日不出呆鳥喪。渴飢難耐自招亡8識趣你但將長喙放。抽身及早保平安8【一才收掘】

【禿頭士工滾花上句】逆耳忠言，宜細想。

【白】我點都唔會先放你㗎啦！

鷸鳥【白】我夠係點都唔會先放你㗎啦！

漁夫【白】咦？嗰邊有隻蚌箝住隻鷸鳥個嘴，互相糾纏，大家係都唔放！

【一才】呢次，我真係執到寶啦！

【士工滾花下句】鷸蚌相持，我呢個漁人得利，由來爭鬥，總係兩敗俱傷8

（大笑介）【白】哈哈哈！

4 三小豬．下篇（平子喉合唱曲）

大豬【二王慢板板面】別故園，兄弟如今將屋建。且看翠江邊，春草蔓延，更綠綿綿。何妨用來，起一所小屋苑，草茅造舍添溫暖。【白】等我用江邊嘅茅草起番間靚屋至得。

二豬【白】大哥，用野草搭成嘅茅屋，始終唔係咁穩陣嘅！【禿頭長句二王慢板上句】應知弱草難編，茅根易斷，怎抵禦狂風陣陣，暴雨連連，只有巨幹強枝，才可作棟樑，之選。【白】用木起嘅屋先至穩陣嘅！【轉八字句二王慢板下句】遮風擋雨，全仗那一柱，擎天𠃑

三豬【白】二哥！你咁講，都唔係好啱嗜！【接唱八字句二王慢板】縱有巨柱橫樑，也難敵猛雷，急電。更恐火神肆虐，招惹烈燄，炎炎𠃑若改以石砌磚圍，便不怕霜侵，【直轉合尺花】便不怕霜侵雪佔。【一才】最緊要台基穩固，自可屹

立，千年8

大豬【白】二哥，木屋都一樣好有問題，不如起番間石屋，穩陣得多啦！

大豬【白】二弟、三妹，所謂人各有志。我起我嘅草廬，你起你嘅木屋，佢起佢嘅石室，各適其適，又有乜所謂呢！

【蕩舟】各自盡其力，建家苑，草屋簡樸人自然。

二豬【接唱】一扇荊扉映日暖，若桃源。

三豬【接唱】風清雲淡遠，碧瓦紅牆夢也甜。

5 慈烏夜啼(平喉對唱曲)

【半斷頭】

慈烏【悲秋】呢隻小孤雛，嘆母消逝。哀哀苦我夜寒望母歸，冷影獨對孤星淒，未報深恩夜夜啼。

白居易【二王慢板板面】夜半啼，忍聽慈烏哭此際。慘切吐哀音，親恩未忘遺，佢念慈幃。徘徊故林，終宵獨悲淒。聞者盡泣涕。

【長句二王慢板上句】悄問慈烏，悲鳴何慘厲，百鳥豈無母，奚事獨悲啼，順變節哀，振作遨翔，天際。

【轉八字句二王慢板下句】堪嘆昔年吳起，母歿，喪不歸𝟪只顧逐利爭功，不念親情，可貴。比諸慈烏小鳥，真箇判若，雲泥𝟪【拉腔收】

6 愚公移山（平喉對唱曲）

【牌子頭】

愚公【歸時】山高，萬仞，崎嶇陡峭迂迴步那穩，每天攀山過，人倦困，苦困。決合力，聚眾聯群，為夷平那山嶺，家家合作心興奮。

智叟【白】愚公呀愚公，乜你咁大想頭要夷平成座山呀，唔怪得個個都叫你做愚公啦！

愚公【白】吓！

智叟【士工滾花上句】可笑你妙想天開，真箇愚蒙太甚。【禿頭反線十字句中板下句】我笑愚公，你年九十，早已鬢白紋深8力不勝，顫危危，竟強行把山撼。草難除，根難拔，還有土石泥層8【直轉士工滾花】望你猛醒回頭，莫再心存僥倖。

愚公【白】智叟，你咁講，就大錯特錯啦！【起反線十字句中板下句】笑智叟，心頑固，不若稚子婦人8我愚

公，屆暮年，或未及見山移土陷。惟是我縱亡身，子尚在，仍可星火傳薪8【一才】

【直轉士工滾花】子生孫，孫生子，無盡無窮，終有日完成，此重任。

智叟【士工沉花下句】唉吔吔，無詞以對，汗涔涔8

【轉士工滾花】愚公你既殺力堅持，實教我羞慚，莫禁。

愚公【接唱士工滾花下句】移山端賴成城志，壯舉還須仗恆心8

7 樂羊子妻（平子喉對唱曲）

【一才、撞點】

樂羊子妻【反線十字句中板】夫求師，別家園，不覺一年光景。猶記取，

昔年事，佢拾金不報實不應8我責夫郎，路不拾遺，古有名言示警。

佢悟前非，捐金野外，尋師學道別門庭8

【直轉正線士工滾花】我織布持家奉翁姑，望夫佢學有所成，施本領。

樂羊子【和尚思妻】我求學奮前程，矢志尋賢聖。獨惜思家心切，念娉婷。早相思，晚相思，經典無心細聽。

【白】別家一年，無日不掛望賢妻，只好棄學還鄉，與家人共聚。

【拍門介白】開門！

樂羊子妻【白】哎吔！

【士工滾花下句】一載蓬門無訪客，信是還巢故雁會階庭8

（開門相見介）

【白】哎吔！真係你呀！

二人【哭相思】罷了妻呀／夫呀！

樂羊子妻（狐疑介）【口古】夫你一載尋師，何故此際回家境。啊！莫非你已學成歸里，立萬揚名8

樂羊子【白】唉！非也！

【反線十字句中板】苦寒窗，夜懷人，獨嘆形單，隻影。長憶念，雙

親老，更憐妻你，孤零〻棄學還，隱鄉居，願效鴛鴦，同命。盼賢妻，毋怨怒，諒我一片，衷誠〻

樂羊子妻【直轉正線士工滾花】懇切陳詞，明心證。

【士工沉花下句】唉吔吔，夫郎愚昧，教我淚盈盈〻

【轉士工滾花】我揮利剪，（拿剪刀介）斷織絲，怨夫你迷途未醒。

【先鋒查，剪絲介】

樂羊子（趨前欲制止不果介）【白】哎吔！

【接唱士工滾花下句】辛苦織成絲數丈，何堪利剪，碎零星〻

樂羊子妻【接唱士工滾花】應知累積寸縷始成匹，一簣功虧，夫呀你宜猛醒。

（悲憤介）【白】為學有如織絲，中途而廢者，有若此斷絲呀！

樂羊子【接唱士工滾花下句】謝妻你當頭棒喝，我自應奮發，毋負你激勵叮嚀〻

後記：誤闖梨園十一年

誤闖梨園十一年，胡編妄撰幸沾邊。排場未熟惟多看，工尺微通仗細研。
門外磚敲來雅玉，案頭句度入新弦。氍毹自愧無由踏，老去周郎待鄭箋。

很多文友都很奇怪：羈魂這十多年來，怎的會由資深的現代詩作者，轉身為編撰粵劇粵曲的新秀？

讀過我《詩路花雨》一書的，也許會明白，我其實擁有過一個很「古典的童年」，其中粵劇粵曲更佔了極為重要的部分；而讀過我數十年來出版的詩集的，更不難發現，我的新詩不乏傳統元素，包括：遣辭、造句、運典、用語，以至語調、章法等。因此，退休後由現代回歸傳統，原是順理成章，不足為怪吧！事實上，近年我寫得最多的，正是古典詩，尤其絕律。去年由三聯出版的《倚晚晴樓詩藁：胡國賢古典詩集》，正是這些年來的努力成果，也是我第一本古典詩集。不過，這段時期我也寫過四個粵劇劇本和一些粵曲作品，雖然起步較舊詩略遲，收穫也蠻不錯呢！如今，經整理後，再交由三聯出版，也算了卻另一樁心事！

說到我創作粵劇、粵曲，並有幸獲名伶搬演於舞台上，甚至取得一些獎項，卻全屬無心插柳，甚至是始料不及的事。可不是嗎？我大半生從事教育工作，課餘主要致力現代文學創作和推廣工作，與粵劇根本沾不上邊。閒時在家清唱幾句粵曲，甚至意到興至時，填撰它一曲半闋，純屬聊以自娛的消遣，根本難登大雅，更從沒想過閉門造的車子，竟可在氍毹上慢駛輕馳……

然則，過去十一年，我這個連工尺、叮板、排場也一知半解，甚至從未接受過任何正規訓練的粵劇「發燒友」，何以竟轉身變成「編劇老新秀」呢？始末詳情，煩請參看本書每劇的「創作緣起」，尤其《桃谿雪》部分，茲不贅。

相對古典詩來說，粵劇粵曲雖然也屬傳統文化之一，卻一向予人通俗，以至庸俗的錯覺。儘管二零零九年，粵劇有幸納入世界非物質文化遺產之列，地位也因而有所提升，卻始終未被廣為接受，難登堂奧。二零一二年，我第一齣得以公演的粵劇《孔子之周遊列國》，竟適逢其會，以較嚴謹，也較重文化氣息的風貌面世，僥倖換來文化、學術，以至教育界一些掌聲。就這樣，我這個全然無師自通的門外漢，竟得以誤闖粵劇那道似窄猶寬的虎度門。

無可否認，要編撰一齣雅俗共賞的戲曲，挑戰與困難，遠比寫一首新詩或舊詩大得多——題材、主題的選擇，已是第一道難關：如何在才子佳人、帝王將相的拘限中，於忠孝節義、高台教化的框架內，撰作出感人亦動人的故事，並能喚起不同階層與年齡層觀眾的共鳴，卻又不乖離傳統，更具一定創意與娛樂性，着實不易。至若角色、行當、分場、介口等安排，也非我這半途出家之輩可以輕易掌握拿捏，遑論選曲、填詞等兼重音樂、文學功夫的要求。

余生雖晚，花甲誤闖梨園，卻有幸得遇多位貴人，才少走一些冤枉路：沒有孔教學院湯恩佳院長的鼓勵和實際支持（孔劇名伶雲集，每次演出班費可不菲呢！），我又何能踏出闖進梨園的第一步？沒有名伶阮兆輝的賞識與指導，以及他渾身解數的演繹，我這個超齡新秀，又如何讓案頭劇本得以呈獻於氍毹？沒有文化、學術和教育界認識與不認識朋友的推介，我又何來信心與野心繼續創作？

記得上世紀八十年代初，離開初執教鞭十一年的中學時，我曾寫下這幾句：

十一年了！人生，究竟有多少個十一年？（〈別了，慈雲山〉）

年輕時，初闖杏壇的十一年，為我奠定終身從事教育事業的基石；而晚年誤闖梨園這另一個十一年，可又為我的人生帶來另一段怎樣的里程？

最後，在此謹向為本書賜序的輝哥（阮兆輝）和李焯芬兩位致以衷心謝意。他們在我開拓粵劇粵曲的蹊徑上，給予不少協助、鼓勵和扶持，是我得以闖下去的最大推動力。而為拙劇分別撰寫評介文字的黃兆漢、朱少璋、莫雲漢和曹順祥諸兄，以其學養及對劇本不同層面與角度的體會，亦令我獲益良多；相信讀者從中也可加深對拙劇，以至粵劇與文學、文化方面的理解。此外，每劇附錄的短評與詩作，更是不少曲友詩朋觀劇後的感受和意見，亦在此一併道謝。「門外磚敲來雅玉」，信焉！

策劃編輯　張軒誦
責任編輯　張軒誦
書籍設計　陳朗思
書籍排版　陳先英
封面題字　單周堯（文農）

書　　名　倚晚晴樓曲本：胡國賢粵劇粵曲創作集
著　　者　胡國賢
出　　版　三聯書店（香港）有限公司
　　　　　香港北角英皇道四九九號北角工業大廈二十樓
香港發行　香港聯合書刊物流有限公司
　　　　　香港新界荃灣德士古道二二〇至二四八號十六樓
印　　刷　美雅印刷製本有限公司
　　　　　香港九龍觀塘榮業街六號四樓A室
版　　次　二〇二三年六月香港第一版第一次印刷
規　　格　特十六開（150 mm × 210 mm）三四四面
國際書號　ISBN 978-962-04-5264-2